Memória de Elefante

GW00724766

António Lobo Antunes
Memória de Elefante

Romance

Obra Completa
Edição *ne varietur**

Fixação do texto por Graça Abreu

*Edição *ne varietur* de acordo com a vontade do autor
Coordenação de Maria Alzira Seixo

Leya, SA
Rua Cidade de Córdova, n.º 2
2610-038 Alfragide • Portugal

Reservados todos os direitos
de acordo com a legislação em vigor

Capa: Rui Belo/Silva!designers

Revisão: Francisco Paiva Boléo
1.ª edição: Julho de 1979
28.ª edição Publicações D. Quixote; 1.ª edição BIS: Setembro de 2011
Depósito legal n.º: 330 839/11
Paginação: Fotocompográfica, Lda.
Impressão e acabamento: BLACKPRINT, a cpi company, Barcelona

ISBN: 978-989-660-084-6

http://bis.blogs.sapo.pt

Memória de Elefante
Romance
28.ª edição

Fixação do texto por
Graça Abreu

Comissão para a edição *ne varietur*
Agripina Carriço Vieira
Eunice Cabral
Graça Abreu

Coordenação
Maria Alzira Seixo

... as large as life and twice as natural.

CARROLL, *Through the looking-glass*

Há sempre uma abébia para dar de frosque,
por isso aguentem-se à bronca.
Sentença do Dédé ao evadir-se da prisão.

O Hospital em que trabalhava era o mesmo a que muitas vezes na infância acompanhara o pai: antigo convento de relógio de junta de freguesia na fachada, pátio de plátanos oxidados, doentes de uniforme vagabundeando ao acaso tontos de calmantes, o sorriso gordo do porteiro a arrebitar os beiços para cima como se fosse voar: de tempos a tempos, metamorfoseado em cobrador, aquele Júpiter de sucessivas faces surgia-lhe à esquina da enfermaria de pasta de plástico no sovaco a estender um papelucho imperativo e suplicante:

– A quotazinha da Sociedade, senhor doutor.

Puta que pariu os psiquiatras organizados em esquadra de polícia, pensava sempre ao procurar os cem escudos na complicação da carteira, puta que pariu o Grande Oriente da Psichiatria, dos etiquetadores pomposos do sofrimento, dos chonés da única sórdida forma de maluquice que consiste em vigiar e perseguir a liberdade da loucura alheia defendidos pelo Código Penal dos tratados, puta que pariu a Arte Da Catalogação Da Angústia, puta que me pariu a mim, rematava ele ao embolsar o rectângulo impresso, que colaboro, pagando, com isto, em lugar de espalhar bombas nos baldes dos pensos e nas gavetas das secretárias dos médicos para fazer explodir, num cogumelo atómico triunfante, cento e vinte e cinco anos de idiotia pinamaniquesca. O olhar intensamente azul do porteiro-cobrador, que assistia sem entender a uma maré-baixa de revolta que o transcendia, embrulhava-o num halo de anjo medieval apaziguante: um dos projectos secretos do médico consistia em saltar a pés juntos para dentro dos quadros de Cimabue e dissolver-se nos ocres desbotados de uma época ainda não inquinada pelas mesas de fórmica e pelas pagelas da Sãozinha: lançar mergulhos rasantes de perdiz, mascarado de serafim nédio, pelos joelhos de virgens estranhamente idênticas às mulheres de Delvaux, manequins de espanto nu em gares que ninguém habita. Um resto agonizante de fúria veio girar-lhe ao ralo da boca:

– Senhor Morgado, pela saúde dos seus e meus tomates não me lixe mais com o caralho das quotas durante um ano e diga à Sociedade de Neurologia e Psiquiatria e amanuenses do cerebelo afins que metam o meu dinheiro enroladinho e vaselinado no sítio que eles sabem, obrigadíssimos e tenho dito ámen.

O porteiro-cobrador escutava-o respeitosamente (este gajo deve ter sido na tropa o pide favorito do sargento, descobriu o médico) reinventando as leis de Mendel à medida do seu intelecto de dois quartos com serventia de cozinha:

– Topa-se logo que o senhor doutor é filho do senhor doutor: uma ocasião o paizinho amandou o fiscal fora do laboratório pelas orelhas.

De azimute voltado para o livro do ponto e um seio de Delvaux a esfumar-se no canto da ideia, o psiquiatra apercebeu-se de súbito da admiração que as proezas bélicas do progenitor haviam disseminado, por aqui e por ali, na saudade de certas barrigas grisalhas. Rapazes, chamava-lhes o pai. Quando vinte anos atrás o irmão e ele se iniciaram no hóquei do Futebol Benfica, o treinador, que partilhara com o pai Aljubarrotas áureas de pauladas no toutiço, retirou o apito da boca para os avisar com gravidade:

– Espero que saiam ao João, que quando tocava a Santos era lixado para a porrada. Em 35, no rinque da Gomes Pereira, foram três da Académica da Amadora para São José.

E acrescentou baixinho com a doçura de uma recordação grata:

– Fractura de crânio, no tom de voz em que se revelam segredos íntimos de paixão adolescente, conservada na gaveta da memória que se dedica às inutilidades de pacotilha que dão sentido a um passado.

Pertenço irremediavelmente à classe dos mansos refugiados em tábuas, reflectiu ele ao assinar o nome no livro que o contínuo lhe estendia, velho calvo habitado pela paixão esquisita da apicultura, escafandrista de rede encalhado num recife de insectos, à classe dos mansos perdidos refugiados em tábuas a sonharem com o curro do útero da mãe, único espaço possível onde ancorar as taquicárdias da angústia. E sentiu-se como expulso e longe de uma casa cujo endereço esquecera, porque conversar com a surdez da mãe afigurava-se-lhe mais inútil do que socar uma porta cerrada para um quarto vazio, apesar dos esforços do sonotone através do qual ela mantinha com o mundo exterior um contacto distorcido e confuso feito de ecos de gritos e de enormes gestos explicativos de palhaço pobre. Para entrar em comunicação com esse ovo de silêncio o filho iniciava uma espécie de batuque zulu ritmado de guinchos, saltava na carpete a deformar-se em caretas de borracha, batia palmas, grunhia, acabava por afundar-se extenuado num sofá gordo como um diabético avesso à dieta, e era então que movida por um tropismo vegetal de gi-

rassol a mãe erguia o queixo inocente do tricot e per-
guntava:

– Hã?, de agulhas suspensas sobre o novelo à laia de
um chinês parando os pauzinhos diante do almoço in-
terrompido.

Classe dos mansos perdidos, classe dos mansos perdidos, classe dos mansos perdidos, repetiam os degraus
à medida que os subia e a enfermaria se aproximava dele
tal um urinol de estação de um comboio em marcha,
chefiada por uma vaca sagrada que a fim de descompor
as subordinadas retirava a dentadura postiça da boca,
como quem arregaça as mangas, para aumentar a eficácia dos insultos. A imagem das filhas, visitadas aos domingos numa quase furtividade de licença de caserna,
atravessou-lhe obliquamente a cabeça num desses feixes
de luz poeirenta que os postigos de sótão transformam
numa espécie triste de alegria. Costumava levá-las ao
circo na tentativa de lhes comunicar a sua admiração
pelas contorcionistas, entrelaçadas em si próprias como
iniciais em ângulo de guardanapo e detentoras da beleza
impalpável comum aos hálitos de gaze que anunciam
nos aeroportos a partida dos aviões e às meninas de
saias de folhos e botas brancas a desenharem elipses às
arrecuas no rinque de patinagem do Jardim Zoológico,
e desiludia-o como uma traição o estranho interesse delas pelas damas equívocas, de cabelos loiros com raízes
grisalhas, que amestravam cães melancolicamente obe-
dientes e uniformemente horrorosos, ou pelo rapazinho
de seis anos a rasgar listas telefónicas no riso fácil dos
guarda-costas em botão, futuro Mozart do cassetete. Os
crânios daqueles dois seres minúsculos que usavam
o seu apelido e lhe prolongavam a arquitectura das feições surgiam-lhe tão misteriosamente opacos como os
problemas de torneiras da escola, e espantava-o que sob
cabelos que possuíam o mesmo odor dos seus grelassem

ideias diversas das que penosamente armazenara em anos e anos de hesitações e dúvidas. Surpreendia-se que para além de tiques e de gestos a natureza se não houvesse empenhado em transmitir-lhes também, a título de bónus, os poemas de Eliot que conhecia de cor, a silhueta de Alves Barbosa a pedalar nas Penhas da Saúde, e a aprendizagem já feita do sofrimento. E por detrás dos sorrisos delas distinguia alarmado a sombra das inquietações futuras, como no seu próprio rosto percebia, olhando-o bem, a presença da morte na barba matinal.

Procurou na argola das chaves a que abria a porta da enfermaria (o meu lado de governanta, murmurou, a minha faceta de despenseiro de navios inventados disputando aos ratos as bolachas-maria do porão), e entrou num corredor comprido balizado por espessas ombreiras de jazigo atrás das quais se estendiam, em colchas duvidosas, mulheres que o excesso de remédios transformara em sonâmbulas infantas defuntas, convulsionadas pelos Escoriais dos seus fantasmas. A enfermeira--chefe, no seu gabinete de Dr. Mabuse, recolocava a dentadura postiça nas gengivas com a majestade de Napoleão coroando-se a si mesmo: os molares ao entrechocarem-se produziam ruídos baços de castanholas de plástico, como se as suas articulações fossem uma criação mecânica para edificação cultural de estudantes do liceu ou dos frequentadores do Castelo Fantasma da Feira Popular, onde o cheiro das sardinhas assadas se combina subtilmente com os gemidos de cólica dos carrosséis. Um crepúsculo pálido boiava permanentemente no corredor e os vultos adquiriam, aclarados pelas lâmpadas desconjuntadas do tecto, a textura de vertebrados gasosos do Deus rive-gauche do catecismo, que ele imaginava sempre a evadir-se da colónia penal dos mandamentos para passear livre, nas noites da cidade, a cabeleira bíblica de um Ginsberg eterno. Algumas velhas,

que as castanholas bocais do Napoleão haviam desper-
tado de letargias de pedra, chinelavam ao acaso de cadeira em cadeira idênticas a pássaros sonolentos em
busca do arbusto onde ancorar: o médico tentava em
vão decifrar nas espirais das suas rugas, que lhe lembra-
vam as misteriosas redes de fendas dos quadros de Ver-
meer, juventudes de bigodes encerados, coretos e pro-
cissões, alimentadas culturalmente por Gervásio Lobato,
pelos conselhos dos confessores e pelos dramas de gela-
tina do dr. Júlio Dantas, unindo fadistas e cardeais em
matrimónios rimados. As octogenárias pousavam nele
os olhos descoloridos de vidro, ocos como aquários sem
peixes, onde o limo ténue de uma ideia se condensava
a custo na água turva de recordações brumosas. A en-
fermeira-chefe, a cintilar os incisivos de saldo, pastorea-
va aquele rebanho artrítico enxotando-o a mãos ambas
para uma saleta em que o televisor se avariara num ha-
ra-kiri solidário com as cadeiras coxas encostadas às paredes e o aparelho de rádio que emitia, com sobressaltos
felizmente raros, longos uivos fosforescentes de cachor-
ro perdido na noite de uma quinta. As velhas tranquili-
zavam-se a pouco e pouco como galinhas salvas da canja
na capoeira de novo em sossego, mastigando a pastilha
elástica das bochechas em ruminações prolixas sob uma
oleografia piedosa na qual a humidade devorara os bis-
coitos das auréolas dos santos, vagabundos antecipados
de um katmandu celeste.

A sala de consultas compunha-se de um armário em
ruína roubado ao sótão de um ferro-velho desiludido,
de dois ou três maples precários com o forro a surgir
dos rasgões dos assentos como cabelos por buracos de
boina, de uma marquesa contemporânea da época he-
róica e tísica do dr. Sousa Martins, e de uma secretária
que abrigava na cavidade destinada às pernas um cesto
de papéis enorme, parturiente carunchosa afligida por

um feto excessivo. Em cima de um naperon enodoado uma rosa de papel cravava-se na sua jarra de plástico como a bandeira remota do capitão Scott nos gelos do pólo Sul. Uma enfermeira parecida com a D. Maria II das notas de banco em versão Campo de Ourique comboiou na direcção do psiquiatra uma mulher entrada na véspera e que ele não observara ainda, ziguezagueando de injecções, de camisa a flutuar em torno do corpo como o espectro de Charlotte Brontë vogando no escuro de uma casa antiga. O médico leu no boletim de internamento «esquizofrenia paranóide; tentativa de suicídio», folheou rapidamente a medicação do Serviço de Urgência e procurou um bloco na gaveta enquanto um sol súbito aderia, jovial, aos caixilhos. No pátio em baixo, entre os edifícios da 1.ª e 6.ª enfermarias de homens, um negro de calças pelos joelhos masturbava-se freneticamente encostado a uma árvore, espiado com gáudio por um grupo de serventes. Adiante, perto da 8.ª, dois sujeitos de bata branca erguiam o capot de um Toyota para lhe examinar o funcionamento das vísceras orientais. Estes amarelos sacanas começaram pelas gravatas ambulantes, já nos colonizam de rádios e automóveis e qualquer dia fazem da gente os kamikazes de Pearl Harbour futuras; marralhos para dar com os cornos nos Jerónimos no verão, a dizer banzai, quando casamentos e baptizados se sucedem em ritmo trepidante de metralhadora mística. A doente (quem entre aqui para dar pastilhas, tomar pastilhas ou visitar nazarenamente as vítimas das pastilhas é doente, sentenciou o psiquiatra no interior de si mesmo) apontou-lhe ao nariz as órbitas enevoadas de comprimidos e articulou numa determinação tenaz:

– Seu cabrão.

A D. Maria II encolheu os ombros a fim de bolear as arestas do insulto:

– Está nisto desde que veio. Se assistisse à cena que ela armou para aí com a família o senhor doutor até se benzia. De curtas e compridas tem-nos chamado de tudo.

O médico escreveu no bloco: cabrão, curtas, compridas, riscou um traço por baixo como se preparasse uma soma e acrescentou em maiúsculas Caralho. A enfermeira, que lhe espreitava sobre o ombro, recuou um passo: educação católica à prova de bala, supôs ele medindo-a. Educação católica à prova de bala e virgem por tradição familiar: a mãe devia estar rezando a Santa Maria Goretti enquanto a fazia.

A Charlotte Brontë a cambalear à beira do KO químico voltou para a janela uma unha onde o verniz estalava:

– Alguma vez viu o sol lá fora, seu cabrão?

O psiquiatra gatafunhou Caralho + Cabrão = Grande Foda, rasgou a página e entregou-a à enfermeira:

– Percebe?, perguntou ele. Aprendi isto com a minha primeira mestra de lavores, diga-se à puridade e de passagem que o melhor clitóris de Lisboa.

A mulher empertigou-se de indignação respeitosa:

– O senhor doutor anda muito bem disposto mas eu tenho outros médicos para atender.

O homem lançou-lhe, num gesto largo, a bênção urbi et orbi que seguira uma vez pela televisão:

– Ide em paz, soletrou ele com sotaque italiano. E não percais a minha mensagem papal sem a dar a ler aos bispos meus dilectos irmãos. Sursum corda e Deo gratias ou vice-versa.

Fechou cuidadosamente a porta atrás dela e voltou a sentar-se à secretária. A Charlotte Brontë mediu-o de pálpebra crítica:

– Ainda não decidi se você é um cabrão simpático ou antipático mas pelo sim pelo não cona da mãe.

Cona da mãe, meditou ele, que exclamação adequada. Moveu-a dentro da boca com a língua como um caramelo, sentiu-lhe a cor e o gosto morno, recuou no tempo até a encontrar a lápis nos sanitários do liceu entre desenhos explicativos, convites e quadras e a recordação enjoada dos cigarros clandestinos comprados avulso na Papelaria Académica a uma deusa grega que varria o balcão com o excesso dos seios, demorando nele pupilas vazias de estátua. Uma senhora magrinha com ar subalterno apanhava malhas num canto sombrio anunciada por letreiro a escantilhão na montra (Malhas Com Perfeissão e Rapidês) tal como os cartazes pregados às grades do Jardim Zoológico avisam os nomes em latim dos animais. Cheirava persistentemente a lápis viarco e a humidade e as damas das redondezas com as compras da praça embrulhadas em papel de jornal vinham queixar-se às mamas helénicas, em murmúrios desolados, das suas misérias conjugais povoadas de manicuras perversas e de francesas de cabaré que lhes seduziam os maridos ao dobrarem em quatro, ao ritmo afrodisíaco da Valsa da Meia-Noite, a nudez experiente dos quadris.

O negro que se masturbava no pátio iniciou para edificação dos serventes contorções orgásticas desordenadas de mangueira à solta. L'arroseur arrosé. Incansável, a Charlotte Brontë voltou à carga:

– Oiça lá seu artolas, conhece a dona disto?

E depois de uma pausa destinada a deixar alastrar no médico o pânico escolar da ignorância assentou uma palmada proprietária na barriga:

– Sou eu.

Os olhos que desdenhavam o psiquiatra raiaram-se de súbito de tracinhos métricos de duplo-decímetro:

– Não sei se o despeço ou se o nomeio director: é consoante.

– É consoante?

– É consoante a opinião do meu marido domador de leões de bronze marquês de Pombal Sebastião de Melo. Vendemos bichos amestrados a estátuas, reformados barbudos de pedra para repuxos, soldados desconhecidos a domicílio.

O homem cessara de a ouvir: o corpo dele mantinha a curva obsequiosa de ponto de interrogação na aparência atento de terceiro oficial a despacho, a testa, para onde todos os acidentes geográficos do seu rosto convergiam como passantes para um epiléptico a lagartixar na calçada, amarrotava-se de asséptico interesse profissional, a esferográfica aguardava a ordem estúpida de um diagnóstico definitivo, mas no palco dos miolos sucediam-se as imagens vertiginosas e confusas em que o sono se prolonga manhã fora, combatido pelo sabor do dentífrico na língua e a falsa frescura publicitária da loção de barbear, sinais inequívocos de se esbracejar já, instintivamente, na realidade do quotidiano, sem espaço para a cambalhota de um capricho: os seus projectos imaginários de Zorro dissolviam-se sempre, antes de começarem, no Pinóquio melancólico que o habitava, a exibir a hesitação do sorriso pintado sob a linha resignada da sua boca autêntica. O porteiro que todos os dias o acordava a golpes teimosos de campainha afigurava-se-lhe um são bernardo de barril ao pescoço a salvá-lo in extremis do nevão de um pesadelo. E a água do chuveiro, ao descer-lhe pelos ombros, levava-lhe da pele o suor de angústia de uma desesperança tenaz.

Desde que se separara da mulher cinco meses antes que o médico morava sozinho num apartamento decorado de um colchão e de um despertador mudo imobilizado de nascença nas sete da tarde, malformação congénita do seu agrado por detestar os relógios em cujo interior de metal palpita a mola taquicárdica de um coraçãozinho ansioso. A varanda pulava directamente para o Atlântico por sobre as roletas do casino, em que se multiplicavam americanas idosas cansadas de fotografarem túmulos barrocos de reis, exibindo as sardas esqueléticas dos decotes numa arrepiante audácia de quakers renegadas. Estendido nos lençóis sem descer a persiana o psiquiatra sentia os pés tocarem o escuro do mar, diferente do escuro da terra pela inquietação ritmada que o agita. As fábricas do Barreiro introduziam no lilás da aurora o fumo musculoso das chaminés distantes. Gaivotas sem bússola esbarravam, estupefactas, com os pardais dos plátanos e as andorinhas de loiça das fachadas. Uma garrafa de aguardente iluminava a cozinha vazia da lâmpada votiva de uma felicidade de cirrose. De roupa espalhada no soalho o médico aprendia que a solidão possui o gosto azedo do álcool sem amigos, bebido pelo gargalo, encostado ao zinco do lava-loiças. E acabava por concluir, ao repor a rolha com uma palmada, assemelhar-se ao camelo recheando a sua bossa antes da travessia de uma longa paisagem de dunas, que teria preferido nunca conhecer.

Era em momentos desses, quando a vida se torna obsoleta e frágil como os bibelots que as tias-avós distribuem por saletas impregnadas do odor misto de urina de gato e de xarope reconstituinte, e a partir dos quais refazem a minúscula monumentalidade do passado familiar à maneira de Cuvier criando pavorosos dinossauros de lascas insignificantes de falangetas, que a recordação das filhas lhe tornava à memória na insistência de um estribilho de que se não lograva desembaraçar, agarrado a ele como um adesivo ao dedo, e lhe produzia no ventre o tumulto intestinal de guinadas de tripas em que a saudade encontra o escape esquisito de uma mensagem de gases. As filhas e o remorso de se ter escapado uma noite, de maleta na mão, ao descer as escadas da casa que durante tanto tempo habitara, tomando consciência degrau a degrau de que abandonava muito mais do que uma mulher, duas crianças e uma complicada teia de sentimentos tempestuosos mas agradáveis, pacientemente segregados. O divórcio substitui na era de hoje o rito iniciático da primeira comunhão: a certeza de amanhecer no dia seguinte sem a cumplicidade das torradas do pequeno-almoço partilhado (para ti o miolo para mim a côdea) aterrorizou-o no vestíbulo. Os olhos desolados da mulher perseguiam-no pelos degraus abaixo: afastavam-se um do outro como se haviam aproximado, treze anos antes, num desses agostos de praia feitos de aspirações confusas e de beijos aflitos, no mesmo turbilhonante e ardente refluxo de maré. O corpo dela permanecia jovem e leve apesar dos partos, e o rosto mantinha intactos a pureza dos malares e o nariz perfeito de uma adolescência triunfal: junto dessa beleza esguia de Giacometti maquilhado achava-se sempre desajeitado e tosco no seu invólucro que começava a amarelecer de um outono sem graça. Havia alturas em que lhe parecia injusto tocá-la, como se o contacto dos seus dedos despertasse nela um sofrimento sem razão. E perdia-se entre os seus joelhos, afogado de amor, a gaguejar as palavras de ternura de um dialecto inventado.

Quando é que eu me fodi?, perguntou-se o psiquiatra enquanto a Charlotte Brontë prosseguia impassível o seu discurso de Lewis Carroll grandioso. Como quem enfia sem pensar a mão no bolso à procura da gorjeta de uma resposta mergulhou o braço na gaveta da infância, bricabraque inesgotável de surpresas, tema sobre o qual a sua existência posterior decalcava variações de uma monotonia baça, e trouxe à tona ao acaso, nítido na concha da palma, ele miúdo acocorado no bacio diante do espelho do guarda-fato em que as mangas dos casacos pendurados de perfil como as pinturas egípcias proliferavam na abundância de lianas moles dos príncipes de gales do seu pai. Um puto loiro que alternadamente se espreme e observa, pensou concedendo um soslaio aos anos devolutos, eis um razoável resumo dos capítulos anteriores: costumavam deixá-lo assim horas seguidas na sua chávena de Sèvres de esmalte onde o chichi pianolava escalas tímidas de harpa, a conversar consigo mesmo as quatro ou cinco palavras de um vocabulário monossilábico completado de onomatopeias e guinchos de saguim abandonado, ao mesmo tempo que no andar de baixo a tromba de papa-formigas do aspirador sugava carnivoramente as franjas comestíveis das carpetes manejada pela mulher do caseiro a quem o incómodo das pedras da vesícula acentuava o aspecto outonal. Quando é que eu me fodi?, inquiriu o médico ao garoto que a pouco e pouco se dissolvia com a sua gaguez e o seu espelho para ceder lugar a um adolescente tímido, de dedos manchados de tinta, encostado a uma esquina propícia a fim de assistir à passagem indiferente e risonha das raparigas do liceu cujos soquetes o abalavam de desejos confusos mas veementes afogados em chás de limão solitários na pastelaria vizinha, ruminando num caderno sonetos à Bocage policiados pela censura estrita do catecismo de bons costumes das tias. Entre esses dois estádios de larva incipiente plantavam-se, como numa galeria de bustos de gesso, manhãs de domingo em museus desertos balizados de retratos a óleo de homens feios e de escarradores fedorentos onde as tosses e as vozes ecoavam como em garagens à noite, chuvosos verões de termas imersos em nevoeiros irreais de que nasciam a custo silhuetas de eucaliptos feridos, e sobretudo as árias de ópera da rádio escutadas da sua cama de garoto, duetos de insultos agudos entre um soprano de pulmão de varina e um tenor que incapaz de lhe fazer frente acabava por a enforcar à traição no nó corredio de um dó de peito interminável, conferindo ao medo do escuro a dimensão do Capuchinho Vermelho escrito por um lápis de violoncelos. As pessoas crescidas possuíam nessa altura uma autoridade indesmentida avalizada pelos seus cigarros e pelos seus achaques, inquietantes damas e valetes de um baralho terrível cujos lugares na mesa se reconheciam através da localização das embalagens de remédios: separado delas pela subtil manobra política de me darem banho a mim enquanto eu nunca os via nus a eles, o psiquiatra conformava-se com o papel de quase figurante que lhe distribuíam, sentado no chão da sala às voltas com os jogos de cubos que se consentem como divertimento dos vassalos, ansiando pela gripe providencial que desviasse do jornal para si a atenção cósmica daqueles titãs, transformada de súbito num desvelo de termómetros e de injecções. O pai, precedido pelo odor de brilhantina e de tabaco de cachimbo cuja combinação representou para ele durante muitos anos o símbolo mágico de uma virilidade segura, entrava no quarto de seringa em riste e depois de lhe arrefecer as nádegas com o pincel de barba húmido do algodão introduzia-lhe na carne uma espécie de dor líquida que solidificava num seixo lancinante: recompensavam-no com os frasquinhos de penicilina vazios de que se evolava um rastro de perfume terapêutico, tal como dos sótãos fechados surde, pelas frinchas da porta, o aroma de bolor e alfazema dos passados defuntos.

Mas ele, ele, Ele quando é que se lixara? Folheou rapidamente a meninice desde o setembro remoto do fórceps que o expulsara da paz de aquário uterina à laia de quem arranca um dente são da comodidade da gengiva, demorou-se nos longos meses da Beira iluminados pelo roupão de ramagens da avó, crepúsculos na varanda sobre a serra a escutar o lume brando da febre monótona dos ralos, campos em declive marcados pelas linhas dos caminhos-de-ferro idênticas a veias salientes em costas de mão, saltou as aborrecidas páginas sem diálogo de algumas mortes de primas idosas que o reumático empenara de vénias de ferradura, tocando com os fiapos dos cabelos brancos os tofos de gota dos joelhos, e preparava-se para explorar de lupa psicanalítica em punho as angustiosas vicissitudes da sua estreia sexual entre uma garrafa de permanganato e uma colcha duvidosa que conservava viva, junto da almofada, a pegada de yeti da sola do cliente anterior, demasiado apressado para se preocupar com o detalhe insignificante dos sapatos ou suficientemente púdico para manter as peúgas naquele altar de blenorragias a taxímetro, quando a Charlotte Brontë o despertou para a realidade presente da manhã hospitalar sacudindo-lhe a mãos ambas as dobras do casaco ao mesmo tempo que entrelaçava o grosso fio de lã libertária da Marselhesa no crochet bairrista do fado Alexandrino com as agulhas destras de um contralto inesperado. A boca dela, redonda como argola de guardanapo, exibia ao fundo a lágrima trémula da úvula balouçando como um pêndulo ao ritmo dos seus berros, as pálpebras tombavam sobre as pupilas perspicazes à laia de cortinas de teatro que tivessem descido por engano a meio de um Brecht sabiamente irónico. As cordas de nylon dos tendões da nuca esticavam-se de esforço sob a pele e o médico pensou que era como se Fellini houvesse invadido de súbito um desses belos dramas paralisados de Tchekov em que gaivotas gasosas definham de dor contida atrás da chamazinha vacilante de um sorriso, e que para lá da porta fechada as empregadas se deviam principiar a agitar de inquietações solícitas, imaginando-o enforcado no elástico preto de uma liga. A Charlotte Brontë, saciada, empoleirou-se no trono da marquesa como quem regressa de motu proprio ao orgulho intransigente do exílio.

– Seu grandessíssimo cabrão de merda, articulou ela em tom distraído de quinquagenária que conversa com as amigas contando as malhas do tricot.

O psiquiatra apressou-se a aproveitar essa favorável disposição de humor para se escapar à sorrelfa para a trincheira da sala de pensos. Uma enfermeira que ele estimava e cuja amizade tranquila apaziguara mais de uma vez os impulsos destrutivos das suas fúrias de maremoto preparava pacificamente as medicações do almoço vertendo comprimidos idênticos a smarties num tabuleiro repleto de copinhos de plástico.

Ao descer as escadas para o Banco distinguiu ao longe, perto da penumbra de sacristia a cheirar a verniz de unhas do gabinete das assistentes sociais, criaturas feias e tristes a necessitarem elas próprias de assistência urgente, um grupo de delegados de propaganda médica estrategicamente ocultos nas ombreiras das portas vizinhas, prontos a assaltarem de enxurradas palavrosas e por vezes letais os esculápios desprevenidos ao alcance, vítimas inocentes da sua simpatia impositiva. O psiquiatra aparentava-os aos vendedores de automóveis na loquacidade demasiado delicada e bem vestida, irmãos bastardos que se haviam desviado, na sequência de um obscuro acidente cromossómico de percurso, da linhagem dos faróis de iodo para as pomadas contra o reumático, sem contudo perderem a incansável vivacidade solícita original. Espantava-o que aqueles seres debitantes, sempre-em-pés da boa educação, donos de pastas obesas que continham dentro de si o segredo capaz de transformar corcundas raquíticas em campeões de triplo salto, lhe dedicassem em chusma atenções de Reis Magos portadores de preciosas ofertas de calendários de plástico a favor dos preservativos anti-sífilis Donald, o inimigo público número um dos aumentos demográ-

ficos, suave ao tacto e com uma coroa de pelinhos afro-
disíacos na base, de jogos de xadrez em cartolina gaban-
do discretamente em todas as casas os méritos do xarope
para a memória Einstein (três sabores: morango, ananás
e bife de lombo), e de pastilhas efervescentes que rolha-
vam as diarreias mas soltavam as rédeas da azia, obri-
gando os doentes dos intestinos a preocuparem-se com
as fervuras do estômago, manobra de diversão com que
lucravam os quartos de água das Pedras bebidos a pe-
queninos goles terapêuticos nos balcões das pastelarias.
Os doutores saíam-lhes das pinças ferozes a cambalea-
rem sob o peso de folhetos e de amostras, tontos de discursos eriçados de fórmulas químicas, de posologias
e de efeitos secundários, e vários tombavam exaustos
trinta ou quarenta metros percorridos, espalhando em
redor os perdigotos de pílulas do último suspiro. Um
empregado indiferente varria-lhes os restos clínicos para
a vala comum de um balde de lixo amolgado, resmun-
gando baladas fúnebres de coveiro.

Aproveitando a protecção de dois polícias que escol-
tavam um velhote digno com cara de ajudante de notário embrulhado nas lonas confusas de uma camisola de
forças, o médico atravessou a salvo o bando ameaçador
dos propagandistas a aliciá-lo com o canto de sereia dos
sorrisos uníssonos, desdobrados como acordeões nas
bochechas obsequiosas: uma manhã destas, pensou, afo-
gam-me num frasco de suspensão antibiótica amigdal
do mesmo modo que o meu pai possuía, nunca entendi
porquê, guardado no armário da estante, o troféu de caça do cadáver de uma escolopendra num tubo de álcool, e vender-me-ão à Faculdade, encarquilhado como
um aborto, para figurar no mostruário de horrores
do Instituto de Anatomia, talho científico atravessado
de Castelo Fantasma, com esqueletos pendurados de ferros verticais à maneira de craveiros murchos a ampara-

rem o seu desânimo a pedaços de cana, olhando-se uns aos outros com órbitas vazias de militares na reserva.

A coberto das damas de honor do ajudante de notário, cujos bigodes tremiam de timidez autoritária, o psiquiatra ultrapassou ileso um internado alcoólico das suas relações que todas as manhãs teimava em narrar-lhe por miúdo intermináveis disputas conjugais em que os argumentos eram substituídos por animadíssimas batalhas campais de caçarolas (Chiça pá dei-lhe uma azevia no alto da piolhosa, doutorzeco de uma cana, que me ficou oito dias a cuspir brilhantina), uma senhora magrinha da secretaria que vivia no pânico do esperma do marido e usava interrogá-lo ansiosamente acerca da eficácia comparativa de duzentos e vinte e sete anticoncepcionais diferentes, e um doente de barbas bíblicas de neptuno de lago que nutria por ele uma admiração entusiástica feita de panegíricos vociferantes, todos mantidos a respeitosa distância pelas aias da camisola de forças, comunicando ao ouvido peludo um do outro os respectivos hálitos de alho. Passou o gabinete do dentista despovoador de gengivas a lutar aos ganidos contra um molar tenaz, e julgava-se já miraculosamente intacto na Urgência, porta de vidro fosco que lhe acenava como a bandeira de pano da chegada de uma corrida de bicicletas, quando um dedo perverso lhe tocou imperioso no intervalo das omoplatas, ossos salientes e triangulares que atestavam pela forma o seu passado de anjo oculto sob a fazenda do casaco num modesto pudor de origens divinas, como os bem-nascidos arrotam no fim do almoço por benévola concessão social a um mundo de silvas.

– Meu caro, questionou uma voz nas costas dele, que me diz à conspiração dos comunistas?

Os polícias, ocupados a transportarem o ajudante de notário num cuidado de moços de fretes carregando um piano esquisito que tocava sem cessar a sonatina crivada de notas erradas do seu delírio de grandeza, abandonaram vilmente o médico junto ao arquivo onde habitava uma dama míope, de óculos da espessura de pisa-papéis, que lhe aumentavam os olhos até às proporções de hirsutos insectos gigantescos cercados de enormes patas de pestanas, à mercê de um colega baixinho à deriva no lago de cheviote do sobretudo, de chapéu tirolês cravado na cabeça à maneira de uma rolha num gargalo no intuito vão de impedir a tempestuosa fuga de bolhinhas gaseificadas das suas ideias. O colega trouxe à superfície o gancho de mão e em vez de acenar por socorro dependurou-se-lhe da gravata como um náufrago impaciente abraçado por engano a uma cobra de água azul com pintas brancas que se lhe desfazia no punho numa inércia mole de atacador. O psiquiatra pensou que toda a gente nesse dia o queria separar de um dos últimos presentes que a mulher lhe dera no desejo inútil de melhorar a sua aparência de noivo de província congelado numa postura hirta de fotografia de feira: desde a adolescência que trazia consigo, colado à assimetria das feições, o ar postiço e triste dos mortos de família nos álbuns de retratos, de sorrisos diluídos pelo iodo do tempo. Meu amor, falou dentro de si mesmo apalpando a gravata, sei que isto não alivia nem ajuda mas de nós dois fui eu o que não soube lutar: e vieram-lhe à memória longas noites na praia desfeita dos lençóis, a sua língua desenhando devagar contornos de seios iluminados de uma rede de veias pela primeira luz da aurora, o poeta Robert Desnos a agonizar de tifo num campo de prisioneiros alemão murmurando É a minha manhã mais matinal, a voz de John Cage a repetir Every something is an echo of nothing, e a forma como o corpo dela se abria em concha para o receber, vibrando tal as folhas dos cumes dos pinheiros agitados por um vento invisível e tranquilo. O colega pequenino, com a pluma do chapéu tirolês a oscilar à laia de agulha de um contador Geiger que encontrasse minério, obrigou-o a encalhar numa esquina de parede, caranguejo doente filado pela teimosia de um camaroeiro tenaz. Os membros pulavam no sobretudo movimentos brownianos sem objectivo definido de moscas na mancha de sol de uma cave, as mangas multiplicavam-se em gestos consternados de orador sacro:

– Os gajos avançam, hã, os comunistas?

Na semana anterior o médico vira-o procurar de cócoras microfones do KGB ocultos sob o tampo da secretária, prontos a transmitirem para Moscovo as decisivas mensagens dos seus diagnósticos.

– Avançam, garanto-lhe eu, balia o colega a rodopiar de inquietação. E esta choldra, a tropa, o zé-povinho, a igreja, ninguém se mexe, borram-se de medo, colaboram, consentem. Por mim (e a minha esposa sabe) o que me entrar em casa leva um tiro de caçadeira pelos cornos. Olarila. Você já leu os cartazes que puseram no corredor com o retrato do Marx, o Catitinha da economia, a despejar as suíças em cima da gente?

E chegando-se mais, confidencial:

– Eu topo que você anda lá por perto se é que não alinha com a cambada, mas pelo menos lava-se, é correcto, o seu pai é professor da Faculdade. Conte-me cá: vê-se a comer à mesa com um carpinteiro?

Na minha infância, pensou o psiquiatra, as pessoas escalavam-se em três categorias não miscíveis rigorosamente demarcadas: a das criadas, dos jardineiros e dos choferes, que almoçavam na cozinha e se levantavam à sua passagem, a das costureiras e das senhoras de tomar conta, com direito a mesa à parte e à consideração de um guardanapo de papel, e a da Família, que ocupava a sala de jantar e velava cristãmente pelos seus mujiques («pessoal», chamava-lhes a avó) oferecendo-lhes roupa usada, fardas, e um interesse distraído pela saúde dos filhos. Havia ainda uma quarta espécie, a das «criaturas», que englobava cabeleireiras, manicuras, dactilógrafas e enteadas de sargentos, as quais rondavam os homens da tribo tecendo à sua volta uma pecaminosa teia de soslaios magnetizadores. As «criaturas» não se «casavam»: «registavam-se», não iam à missa, não se afligiam com o ingente problema da conversão da Rússia: consagravam as suas existências demoníacas a prazeres que eu entendia mal em terceiros andares sem elevador de onde os meus tios regressavam à socapa risonhos de juventude recuperada, enquanto as fêmeas do clã, na igreja, se dirigiam para a comunhão de olhos fechados e língua de fora, camaleões prontos a devorarem os mosquitos das hóstias numa gula mística. De vez em quando, a meio da refeição, se o psiquiatra, então garoto, mastigava de boca aberta ou pousava os cotovelos na toalha, o avô apontava para ele o indicador definitivo e profetizava cavernosamente:

– Hás-de acabar nas mãos da cozinheira como o peru.

E o tremendo silêncio que se seguia avalizava com o seu selo branco a iminência dessa catástrofe.

– Responda, ordenou o colega. Vê-se a comer à mesa com um carpinteiro?

O médico tornou a ele no esforço de quem ajusta a imagem de um microscópio desfocado: do alto de uma pirâmide de preconceitos quarenta gerações burguesas contemplavam-no.

– Porque não?, disse ele desafiando os cavalheiros de pêra e as damas de abundante busto boleado ao torno que se tinham trabalhosamente cruzado entre si, num crochet complexo, atrapalhados pelos suspensórios e pelas barbas do corpete, para produzirem, ao cabo de um século de deveres conjugais, um descendente capaz de revoltas tão impensáveis como a de uma dentadura postiça que pulasse do copo de água em que sorria à noite para morder o próprio dono.

O colega recuou dois passos, siderado:

– Porque não? Porque não? Homem, você é um anarquista, um marginal, você pactua com o Leste, você aprova a entrega do Ultramar aos pretos.

Que sabe este tipo de África, interrogou-se o psiquiatra à medida que o outro, padeira de Aljubarrota do patriotismo à Legião, se afastava em gritinhos indignados prometendo reservar-lhe um candeeiro da avenida, que sabe este caramelo de cinquenta anos da guerra de África onde não morreu nem viu morrer, que sabe este cretino dos administradores de posto que enterravam cubos de gelo no ânus dos negros que lhes desagradavam, que sabe este parvo da angústia de ter de escolher entre o exílio despaisado e a absurda estupidez dos tiros sem razão, que sabe este animal das bombas de napalm, das raparigas grávidas espancadas pela Pide, das minas a florirem sob as rodas das camionetas em cogumelos de fogo, da saudade, do medo, da raiva, da solidão, do desespero? Como sempre que se recordava de Angola um roldão de lembranças em desordem subiu-lhe das tripas à cabeça na veemência das lágrimas contidas: o nascimento da filha mais velha silabado pelo rádio para o destacamento onde se achava, primeira maçãzinha de oiro do seu esperma, longas vigílias na enfermaria improvisada debruçado para a agonia dos feridos, sair exausto a porta deixando o furriel acabar de coser os tecidos e encontrar cá fora uma repentina amplidão de estrelas desconhecidas, com a sua voz a repetir-lhe dentro – Este não é o meu país, este não é o meu país, este não é o meu país, a chegada às quartas--feiras do avião do correio e da comida fresca, a subtil e infinitamente sábia paciência dos luchazes, o suor do paludismo a vestir os rins de cintas de humidade pegajosa, a mulher vinda de Lisboa com o bebé de surpreendentes íris verdes para viajar com ele para o mato, sua boca quase mulata a sorrir comestível na almofada. Nomes mágicos: Cuíto-Cuanavale, Zemza do Itombe, Narriquinha, a Baixa do Cassanje coberta pelas altas pestanas dos girassóis em manhãs limpas como ossos de luz, bailundos empurrados a pontapé para as fazendas do norte, São Paulo de Luanda imitando o Areeiro encostado à valva da baía. Que sabe este palerma de África, interrogou-se o psiquiatra, para além dos cínicos e imbecis argumentos obstinados da Acção Nacional Popular e dos discursos de seminário das botas mentais do Salazar, virgem sem útero mascarada de homem, filho de dois cónegos explicou-me uma ocasião uma doente, que sei eu que durante vinte e sete meses morei na angústia do arame farpado por conta das multinacionais, vi a minha mulher a quase morrer do falciparum, assisti ao vagaroso fluir do Dondo, fiz uma filha na Malanje dos diamantes, contornei os morros nus de Dala-Samba povoados no topo pelos tufos de palmeiras dos túmulos dos reis Jingas, parti e regressei com a casca de um uniforme imposta no corpo, que sei eu de África? A imagem da mulher à espera dele entre as mangueiras de Marimba pejadas de morcegos aguardando o crepúsculo apareceu-lhe numa guinada de saudade violentamente física como uma víscera que explode. Amo-te tanto que te não sei amar, amo tanto o teu corpo e o que em ti não é o teu corpo que não compreendo porque nos perdemos se a cada passo te encontro, se sempre ao beijar-te beijei mais do que a carne de que és feita, se o nosso casamento definhou de mocidade como outros de velhice, se depois de ti a minha solidão incha do teu cheiro, do entusiasmo dos teus projectos e do redondo das tuas nádegas, se sufoco da ternura de que não consigo falar, aqui neste momento, amor, me despeço e te chamo sabendo que não virás e desejando que venhas do mesmo modo que, como diz Molero, um cego espera os olhos que encomendou pelo correio.

Na urgência os internados de pijama dir-se-ia flutua-rem na claridade das janelas como viajantes submarinos entre duas águas, de gestos lentificados pelo peso de to-neladas dos remédios. Uma velha em camisa, parecida com os auto-retratos finais de Rembrandt, vogava dez centímetros acima do seu banco idêntica a um pássaro trôpego que fosse perdendo a espuma de vento dos os-sos. Bêbedos ensonados que o bagaço transformara em serafins rotos tropeçavam no ar: todas as noites a polí-cia, os bombeiros ou a indignação da família vinham ali abandonar, como num vazadouro derradeiro, os que tentavam em vão emperrar as engrenagens do mundo escaqueirando o quinane do quarto, descobrindo estra-nhos bichos invisíveis alapados nas paredes, ameaçando os vizinhos com a faca do pão ou escutando o imper-ceptível assobio dos marcianos que a pouco e pouco se vestem de colegas de escritório para revelarem às res-tantes galáxias a chegada iminente do Anti-Cristo. Ha-via também os que se apresentavam sozinhos, baços de fome, a oferecerem a nádega à seringa a troco de uma cama onde dormir, clientes habituais que o porteiro reenviava, de imperioso braço estendido à estátua de Marechal Saldanha, para as árvores do Campo de Santana que o escuro confundia numa névoa de corpos abraçados. Aqui, pensou o médico, desagua a última miséria, a solidão absoluta, o que em nós próprios não aguentamos suportar, os mais escondidos e vergonhosos dos nossos sentimentos, o que nos outros chamamos de loucura que é afinal a nossa e da qual nos protegemos a etiquetá-la, a comprimi-la de grades, a alimentá-la de pastilhas e de gotas para que continue existindo, a conceder-lhe licença de saída ao fim de semana e a encaminhá-la na direcção de uma «normalidade» que provavelmente consiste apenas no empalhar em vida. Quando se diz, considerou ele de mãos nos bolsos a observar os serafins do bagaço, que os psiquiatras são malucos, está-se tocando sem saber o centro da verdade: em nenhuma especialidade como nesta se topam seres de crânio tão em saca-rolhas, tratando-se a si mesmos através das curas de sono impingidas por persuasão ou à força aos que os procuram para se procurarem e arrastam de consultório em consultório a ansiedade da sua tristeza, como um coxo transporta a perna manca de endireita em endireita, em busca de um milagre impossível. Vestir as pessoas de diagnósticos, ouvi-las sem as escutar, ficar de fora delas como à beira de um rio de que se desconhecem as correntes, os peixes e o côncavo de rocha de que nasce, assistir ao torvelinho da enchente sem molhar os pés, recomendar um comprimido depois de cada refeição e uma pílula à noite e ficar saciado com esse feito de escuteiro: o que me faz pertencer a este clube sinistro, meditou, e sofrer quotidianamente remorsos pela debilidade dos meus protestos e pelo meu inconformismo conformado, e até que ponto a certeza de que a revolução se faz do interior não funciona em mim como desculpa, auto-viático para prosseguir cedendo? Tratava-se de perguntas a que não sabia responder claramente e o deixavam confuso e aflito consigo, eriçado de interrogações, de dúvidas, de escrúpulos: quando ali entrara no início do internato e o levaram a visitar o decrépito edifício medonho do hospital de que apenas conhecia até então o pátio e a fachada, cuidara-se num casarão de província habitado pelos fantasmas de Fellini: escorados por muros que escorriam de humidade pegajosa, débeis mentais quase nus masturbavam-se em movimentos de balanço voltando para ele o espanto desdentado das bocas; homens de cabeça rapada estendiam-se ao sol, mendigavam ou acendiam cigarros cujas mortalhas eram pedaços de jornal escurecidos de cuspo; velhos apodreciam nos colchões podres, vazios de palavras, ocos de ideias, vegetais trémulos durando apenas; e havia o redondel da 8.ª enfermaria e as pessoas contidas pelos ferros, símios vagarosos moendo frases desconexas, a encalharem ao acaso nos buracos de curro em que dormiam. E aqui estou eu, disse-se o médico, a colaborar não colaborando com a continuação disto, com a pavorosa máquina doente da Saúde Mental trituradora no ovo dos germenzinhos de liberdade que em nós nascem sob a forma canhestra de um protesto inquieto, pactuando mediante o meu silêncio, o ordenado que recebo, a carreira que me oferecem: como resistir de dentro, quase sem ajuda, à inércia eficaz e mole da psiquiatria institucional, inventora da grande linha branca de separar a «normalidade» da «loucura» através de uma complexa e postiça rede de sintomas, da psiquiatria como grosseira alienação, como vingança dos castrados contra o pénis que não têm, como arma real da burguesia a que por nascença pertenço e que se torna tão difícil renegar, hesitando como hesito entre o imobilismo cómodo e a revolta penosa, cujo preço se paga caro porque se não tiver pais quem virá querer, à Roda, perfilhar-me? O Partido propõe-me a substituição de uma fé por outra fé, de uma mitologia por outra mitologia, e chegado a este ponto lembro-me sempre da frase da mãe do Blondin, «Não tenho a Fé mas tenho tanto a Esperança», e guino no último instante para a esquerda na expectativa ansiosa de encontrar irmãos que me valham e a quem possa valer, por eles, por mim e pelo resto. E é o resto, o que por pudor se não enumera, o importante, como uma espécie de aposta, de perde--ganha de uma probabilidade em trezentas, de acreditar na Branca de Neve e surgirem anõezinhos autênticos de sob os móveis a demonstrarem-nos que é possível ainda. Possível aqui e lá fora que os muros do hospital são concêntricos e abarcam o país inteiro até ao mar, ao Cais das Colunas e às suas ondas domesticadas de rio à portuguesa, senhor de mansas fúrias reflectindo a cor do céu e enodoado da sombra gordurosa das nuvens, meu remorso chama-lhe o poeta, meu remorso de todos nós.

Muros concêntricos, repetiu ele, labirinto de casas e de ruas, descida íngreme e atrapalhada de mulher de saltos altos para a amplidão horizontal da barra, muros tão concêntricos que nunca se parte de facto, antes se criam raízes de crochet na alcatifa do sobrado, Creta de azulejos habitada de papagaios de janela e chineses de gravatas, bustos de regicidas heróicos, pombos gordos e gatos capados, onde o lirismo se mascara de canário em gaiola de cana soltando os trinadinhos de sonetos domésticos. O Almanaque Bertrand faz as vezes da Bíblia, os animais de estimação são bambis cromados e cãezinhos de loiça de acenar que sim, os funerais a massa consistente da família.

Tornou a apalpar a gravata, verificou o nó: o meu cabelo de Sansão de seda natural, murmurou sem sorrir. Um dia compro um colar de contas freak e um jogo de pulseiras indianas e crio um Katmandu só para mim, com Rabindranah Tagore e Jack Kerouac a jogarem a bisca com o Dalai-Lama. Deu uns passos no sentido dos gabinetes e viu o ajudante de notário da camisola de forças sentado diante de uma secretária a explicar a um clínico invisível que lhe haviam roubado a Via Láctea. Os polícias, de pé, debruçavam-se do parapeito dos cinturões para escutar melhor, à maneira de vizinhas assistindo da varanda a uma cena de rua. Um deles, de bloco em riste, tomava notas de língua de fora numa aplicação infantil. A velha que levitava no banco cruzou-se com ele a esvoaçar num espalhafato de perdiz exausta: cheirava a urina estagnada, a solidão e a abandono sem sabonete. Os odores da miséria, opinou o médico, os monótonos, merdosos e trágicos odores da fome e da miséria. Na sala reservada aos tratamentos os enfermeiros discutiam, encostados à maca, ao carro dos pensos, ao armário de vidro dos remédios, as curiosas peripécias da última Assembleia Geral de Trabalhadores, durante a qual o barbeiro e um dos choferes se haviam tratado reciprocamente de filho da puta, ceguinho e facho do caralho. Um deles, de seringa armada, preparava-se para injectar um alcoólico de feições desdenhosas a segurar as calças à altura dos joelhos numa paciente espera de veterano daquelas andanças. As pernas muito magras desapareciam sob franjas de pêlos grisalhos que cercavam os testículos dependurados e vazios e o trapo de pele amarrotado do pénis. Uma claridade mediterrânica aureolava as grades da varanda como se banhassem num aquário iluminado pela lâmpada intensíssima de uma primavera irreal.

– Bom dia damas e cavalheiros meninas e meninos respeitável público, disse o psiquiatra. Chegou-me aos ouvidos que telefonaram lá para cima, preocupados como boas mães que são, a pedir os serviços prestimosos de um coveiro. Sou o empregado da agência funerária A Primorosa da Ajuda (círios, velas e urnas) e venho para as medidas do caixão: espero, porque me sindicalizei e odeio os meus patrões, que o defunto tenha ressuscitado e saído a soltar vivas ao Beato Luís Gonzaga.

O enfermeiro da seringa, com quem costumava cear, quando se encontravam ambos de turno, camarões foleiros que o servente comprava numa cervejaria do Martim Moniz, cravou a bandarilha terapêutica no bêbedo para lhe acalmar os humores momentaneamente tranquilos de maré que se prepara para a mola de um salto, e passou um algodão solene de bispo a crismar pela pele da nádega, como um bom aluno apagando do quadro o resultado de um exercício fácil demais para as suas capacidades acrobáticas. O doente puxou o cinto de nastro para cima com tanta violência que o rompeu e ficou a olhar atónito o pedaço que lhe caía da mão, no espanto de astronauta mirando uma alga lunar.

– Estragaste o macarrão do almoço, aplaudiu o enfermeiro cuja reserva de ternura se ocultava sob um sarcasmo demasiado óbvio para ser genuíno. O médico aprendera a estimá-lo ao assistir à coragem com que combatia com os meios ao seu alcance a inumana máquina concentracionária do hospital. O enfermeiro lavou a seringa accionando várias vezes o êmbolo, colocou-a no fervedor aquecido pela estreita túlipa azul do bico de gás e limpou os dedos à toalha rota enforcada num grampo: fazia tudo isto em metódicos gestos lentos de pescador para quem o tempo se não segmenta em horas como uma régua em centímetros mas possui a textura contínua que confere à vida intensidade e profundez inesperadas. Nascera à beira-mar, no Algarve, e embalara a fome na infância com ventos mouros, perto de Albufeira, onde a vazante deixa na praia cheiros doces de diabético. O alcoólico, esquecido, foi saindo para o corredor a arrastar as alpercatas informes.

– Aníbal, disse o psiquiatra ao enfermeiro que investigava os bolsos da bata à procura de fósforos à maneira de um cão na cata do local em que enterrara um osso precioso, você telefonou lá para cima a prometer que se eu viesse aqui me dava um chupa-chupa de morango. Fiquei fodido consigo porque só gosto dos de hortelã--pimenta.

O enfermeiro acabou por encontrar os fósforos sob a pilha de circulares amontoadas numa mesa de madeira branca cuja pintura se esfarelava em placas pulvurentas de caspa:

— Temos aí uma chatice das antigas, disse ele a riscar a lixa com raiva desusada. A Sagrada Família que quer comer à canzana e à má fila o Menino Jesus. Só a cabra da mãe vale um poema de marmeleiro bem passado. Agarre-se ao corrimão que estão os três no gabinete do fundo à sua espera.

O médico examinou um calendário de parede petrificado num março antiquíssimo, quando morava ainda com a mulher e as filhas e um véu de alegria tingia levemente cada segundo: sempre que o chamavam ao Banco visitava aquele março de dantes numa espécie de peregrinação desencantada, e procurava sem sucesso reconstruir dias de que conservava uma memória de felicidade difusa diluída num sentimento uniforme de bem-estar doirado pela luz oblíqua das esperanças mortas. Ao voltar-se notou que o enfermeiro observava também o calendário onde uma rapariga loira e um preto gordíssimo procediam nus a operações complicadas.

— A mulher ou o mês?, perguntou-lhe o psiquiatra.

— A mulher ou o mês o quê?, respondeu o enfermeiro.

— Aquilo para que você está a apontar os faróis, precisou o psiquiatra.

— Nem uma coisa nem outra, explicou o enfermeiro. Pensava só cá comigo no que é que a gente faz aqui. A sério. Pode ser que venha um tempo em que esta gaita mude e se possam encarar as coisas de olhos limpos. Em que os alfaiates não sejam obrigados por decreto a esconder na largura das calças os colhões de um homem.

E começou a limpar seringas já lavadas numa actividade feroz.

Algarvio de um corno, pensou o médico, pareces um poeta neo-realista a julgar que altera o mundo com os versos que oculta na gaveta. Ou então és um camponês sabido da ria a aguardar o crepúsculo para pescar ao candeio, de lanterna escondida entre as redes do barco. E recordou-se da Praia da Rocha em agosto, na época em que se casara, dos penedos esculpidos pelos Henry Moore de sucessivas vazantes, da amplidão de areia sem marcas de pés e de como a mulher e ele se haviam sentido Robinson Crusoe apesar dos turistas alemães cúbicos, das inglesas andróginas como sopranos castrados, das americanas idosas cobertas por chapéus inacreditáveis e dos óculos de lentes defumadas dos chulos nacionais, latin lovers de pente de plástico no bolso de trás das calças, rondando nádegas em ademanes de hienas.

– Patrão, disse ele ao enfermeiro, pode ser que a gente viva para isso. Mas se esperamos sentados puta que nos pariu aos dois.

Dirigiu-se ao cubículo do fundo com a sensação de ter sido injusto para com o outro e o desejo de que ele entendesse que não agredira mais do que a parte passiva de si próprio, a fracção sua que aceitava as coisas sem lutar e contra a qual se rebelava. Gosto de mim ou não gosto de mim, pensou, até onde me aceito e em que ponto começa de facto a censura do meu protesto? Os polícias, agora cá fora, tinham tirado os bonés e afiguraram-se ao psiquiatra subitamente despidos e inofensivos. Um deles trazia a camisola de forças do ajudante de notário nos braços, apertada contra o peito como quem segura o casaco do sobrinho à entrada de uma aula de ginástica.

No gabinete a Família preparava-se para a arremetida. O Pai e a Mãe, de pé, ladeavam a cadeira do filho na hostilidade imóvel de cães de pedra de portão dispostos a enormes latidos de queixas zangadas. O médico contornou em silêncio a secretária e puxou a si o cinzeiro de vidro, o bloco timbrado do hospital, a credencial da Caixa e o livro em que se registavam os doentes, como um xadrezista preparando as peças para o início da partida. O Menino Jesus, ruivo e com ar de pássaro aflito, fingia bravamente não se aperceber da sua presença fixando os prédios tristes da Gomes Freire pela janela aberta, a franzir as pálpebras semeadas de sardas transparentes.

– Então o que há?, indagou jovialmente o médico a sentir a sua pergunta como o apito de um árbitro que desse começo a um jogo sangrento. Se não protejo o rapaz, pensou muito depressa escorregando um soslaio para o garoto em pânico ainda controlado, estraçalham-no em duas dentadas. Geração do cogitus interruptus, reflectiu ele. Caraças que me falta o auxílio do Umberto Eco.

O pai bombeou o peitilho da camisa:

– Senhor doutor, disse com a pompa de uma declaração de guerra, saiba vossência que este sacana droga-se.

E friccionava as mãos obsequiosas uma na outra como se estivesse a despacho com o chefe da repartição. No mindinho de unha comprida, ao lado da aliança, usava um enorme anel de pedra preta, e na gravata de ramagens doiradas cravava-se um alfinete de coral representando um futebolista do Belenenses a dar um pontapé numa bolinha de oiro. Assemelhava-se a um automóvel com muitos acessórios, mantas nos assentos, penduricalhos, listra no capot, o nome Tó Zé pintado na porta. Segundo a credencial era funcionário da Companhia das Águas (um empregado pelo menos limpo, decidiu o psiquiatra) e o hálito dele cheirava à açorda de sável da véspera.

Já era altura de mudarem a cor dos ficheiros, considerou sonhadoramente o médico apontando três paralelepípedos de metal que ocupavam com a sua maciez horrenda o espaço compreendido entre a porta e a janela.

– Um verde destes agonia um almirante não achas?, perguntou ao puto que permanecia deslumbrado com as maravilhas da Avenida Gomes Freire, mas cujos lábios tremiam como o ventre de um pardal apavorado. Frima-te, aconselhou-o mentalmente o médico, frima-te que és garraio fraco e a tenta ainda nem começou. E trocou a posição do cinzeiro com a do livro num rock estratégico, murmurando Segure-se às cuecas Dona Alzira que vem aí a esquadra da Nato.

Nisto sentiu uma restolhada imprevista no mata-borrão da secretária: a mãe despejava o conteúdo de um saco de papel repleto de embalagens de medicamentos diversos sob o seu nariz surpreso, e arqueava para ele o corpo vestido de casaco de leopardo de plástico, tensa de indignação furibunda. As frases saíam-lhe da boca como os feijões-balas do canhão de lata que haviam dado ao psiquiatra em pequeno, aquando de uma das suas numerosas anginas:

– O meu filho tem que ser i-me-dia-ta-men-te internado, ordenou ela em tom de prefeito de reformatório dirigindo-se cosmicamente ao desacerto moral do Universo. Pastilhas é o que se vê, anda-me a repetir o quarto ano, falta ao respeito aos pais, responde torto se responde, contou-me a vizinha de baixo que o viram no Rato com uma desgraçada, não sei se me explico bem, quem quiser entender que entenda. Isto aos dezasseis anos senhor doutor, feitos em abril, nasceu de cesariana, por um triz que me dava cabo do canastro que até estive a soro note lá. E nós a educá-lo às boas, a gastar dinheiro, a comprar livros, a conversar com ele com falinhas mansas, a sermos comidos das papas na cabeça. Confesse-me cá: está de acordo? E ainda o senhor doutor que se calhar também tem filhos lhe pergunta pelos ficheiros.

Pausa para meter ar nas bóias das mamas entre as quais morava um coração de esmalte com a fotografia do marido subalterno em mais jovem mas já profusamente enfeitado de amuletos, e novo mergulho nas águas fumegantes da zanga:

– Umas semanas de hospital é do que ele necessita para se endireitar: eu tive uma cunhada na 3.ª, conheço os métodos. Umas semanas sem sair, sem se encontrar com a pandilha dele, sem farmácias à mão para roubar comprimidos. Uma pouca-vergonha ninguém pôr termo nisto: desde que o Salazar morreu vamos de descalabro em descalabro.

O médico lembrou-se de muitos anos antes, ao voltarem do jantar de uma tia, encontrarem no escritório do pai um agente da Pide à espera do irmão que presidia à Associação de Estudantes de Direito, e da repulsa medrosa que o homem, a observar as lombadas dos tratados de Neurologia do pai ausente num à-vontade de proprietário, acendera neles. Apenas o mais novo olhava o bufo sem ódio, espantado pela profanação arrogante daquele santuário de cachimbos onde se entrava com a consciência da quase sagrada importância do local, e rondava admirativamente o apóstata cheirando-lhe os gestos. De repente apeteceu ao médico agarrar na cabeça pintada de loiro de Nossa Senhora e bater com ela muitas vezes, sem pressa, deliberadamente, contra a esquina do lavatório à sua esquerda, sob o espelho oblíquo que, visto da secretária, reflectia um pedaço cinzento e cego de parede, como se a superfície hexagonal que em tantas alturas o devolvera a si próprio houvesse sido acometida de uma espécie de cataratas: atordoava-o não encontrar, colado à pupila de vidro estanhado, a curva indagadora do seu sorriso de gato de Chester.

– Um hospital ou uma prisão, disse o marido da harpia numa voz pomposa, acariciando o monstruoso alfinete de gravata, que a gente não damos conta do recado.

A mulher agitou o pulso em abano de vendedora de castanhas, como se lhe varresse as palavras inúteis: era ela quem conduzia as operações e não admitia partilhas de comando. Neta de cabo da Guarda Republicana, pensou o psiquiatra, herdeira moral do chanfalho de cascar no povo do progenitor.

– O senhor doutor tenha paciência mas tem de resolver isto e já, disse ela eriçando o pêlo postiço do casaco. Faça-me o favor de ficar com ele que não o quero em casa.

O puto iniciou um movimento que ela decepou cerce apontando-lhe o dedo furibundo:

– Não me interrompa sua besta que estou a falar com o senhor doutor.

E para o psiquiatra, definitiva:

– Resolva as coisas como entender mas nós com ele não saímos daqui.

O médico avançou o peão de um agrafador no tabuleiro da secretária. Escalas de serviço, algumas com o seu nome (o nosso nome impresso deixa de pertencer-nos, pensou, torna-se impessoal e alheio, perde a intimidade familiar da escrita à mão), empaladas em pregos que se oxidavam, decoravam as paredes.

– Aguentem os cavalos lá fora para eu falar com o rapaz, disse sem olhar para ninguém num tom pálido de defunto. Os amigos evitavam discutir com ele em momentos desses, quando o seu timbre se tornava neutro e sem cor e o azul das órbitas como que se esvaziava de luz. E quero a porta fechada.

Portas fechadas, portas fechadas: o psiquiatra e a mulher deixavam sempre aberta a do quarto das filhas e às vezes, enquanto faziam amor, as palavras confusas dos sonhos delas misturavam-se com os seus gemidos numa trança de sons que os unia de um modo tão íntimo que a certeza de nunca se poderem separar como que apaziguava o receio da morte, substituindo-o por uma tranquilizante sensação de eternidade: nada seria diferente do que então era, as filhas não cresceriam nunca e a noite prolongar-se-ia num enorme silêncio de ternura, com o gato espapado de sono junto ao calorífero, a roupa ao acaso nas cadeiras, e a companhia fiel dos objectos conhecidos. Pensou em como no cobertor da cama se multiplicavam manchas brancas de esperma e cones vaginais, e de como na almofada da mulher havia sempre pegadas de rímel, pensou na indizível expressão dela quando se vinha ou de quando, sentada sobre ele, cruzava as mãos na nuca e rodava o corpo para um e outro lado a fim de lhe sentir melhor o pénis, com os seios grandes balouçando de leve no tronco estreito. GTS disse-lhe sem falar sentado à secretária do hospital, recuperando o morse através do qual comunicavam sem serem entendidos de mais ninguém, GTS até ao fim do mundo, meu amor, agora que somos já Pedro e Inês nas criptas de Alcobaça à espera do milagre que há-de vir. E recordou-se, para fugir ao perigo iminente das lágrimas, de imaginar que os cabelos das infantas de pedra cresciam para dentro das cabeças em tranças poeirentas, e que escrevera isso num dos cadernos de poemas que periodicamente destruía como certos pássaros comem os filhos numa crueldade enjoada. Cada vez mais detestava emocionar-se: sinal de que envelheço, verificou, dando cumprimento à frase da mãe atirada ao ar da sala com profética solenidade:

– Com um feitio assim hás-de acabar sozinho como um cão.

E os retratos emoldurados pareciam dar-lhe razão acenando de concordância amarelecida.

O Menino Jesus, que não cessara de binocular o Botelho colado ao vidro da janela, deslizou na direcção do médico um soslaio rápido e este, que regressava da sua história interior para o motivo pelo qual ali se encontrava, agarrou a hostilidade do garoto como quem pula no último segundo para o estribo de um eléctrico a andar:

– O que tens na caixa dos pirolitos?, perguntou.

Pelo arrepio das narinas topou que o miúdo hesitava e jogou a fundo as suas cartas lembrando-se das instruções de salvar náufragos da sua infância, cartazes afixados no balneário da praia com homens de bigode e fato de banho às riscas nadando sobre cinco colunas em prosa miúda de advertências e proibições.

– Olha, disse ele ao puto, detesto tanto isto como tu e não se trata de paleio de chui porreiraço em esquadra de polícia. Nem que os teus velhos me apontassem um canhangulo aos cornos tu ficavas a alombar aqui, mas é capaz de ser boa ideia explicares-me um bocadinho o que se passa: pode ser que os dois juntos compreendamos algumas raspas desta merda, pode ser que não, e nenhum de nós perde nada em experimentar.

O ruivo regressara à contemplação da janela: mediu no interior dele o que lhe fora dito e decidira-se pelo silêncio. As suas pestanas cor-de-rosa cintilavam na luz, semelhantes aos fios de teia de aranha que unem as vigas dos sótãos.

– Preciso que me ajudes para poder ajudar-te, insistiu o psiquiatra. Cada um para o seu lado não vamos longe e falo-te de mãos limpas. Estás solitário e à brocha e os teus pais lá fora desejosos de te enfiarem aqui: cara-lho, a única coisa que te peço é que colabores comigo para impedir isso e não fiques aí como um furão espantado.

O Menino Jesus, de boca apertada, continuava a estudar a Gomes Freire e o psiquiatra apercebeu-se da estupidez de continuar: recuou o peão do agrafador sentindo o frio agradável do metal na pele, apoiou as palmas no mata-borrão verde, acabou por levantar-se na renitência de um Lázaro acordado por um Cristo inoportuno. Ao sair correu os dedos no cabelo do rapaz e o crânio dele encolheu-se para o interior dos ombros à laia de uma tartaruga enfiando-se à pressa na casca: por este tipo e por mim já não existe muito a fazer, pensou o psiquiatra, encontramo-nos ambos, embora de maneiras diversas, no fundo dos fundos, onde nenhum braço chega, e em se acabando a reserva de oxigénio dos pulmões adeus Maria. Só oxalá que eu não arraste ninguém por esta queda abaixo.

Abriu a porta de chofre e deu com os pais do miúdo inclinados para a fechadura numa espreita infantil: puseram-se os dois direitos tão depressa quanto puderam, recuperando a pulso a dignidade encartada dos adultos, e o médico quase olhou para eles numa espécie de pena, a mesma que todas as manhãs o visitava ao observar o rosto barbudo e em que se reconhecia mal, caricatura gasta de si próprio. O enfermeiro, acabados os almoços, aproximou-se rente à parede, arrastando os chinelos-tamancos que costumava calçar quando em serviço. O ressonar próximo do alcoólico da injecção assemelhava-se ao ranger rítmico de sola húmida.

– Vocês vão levar o garoto para casa, disse o psiquiatra aos pais do ruivo. Vão levar o vosso filho para casa, pianinho e na calma, e voltam cá segunda-feira para uma conversa grande, sossegada, que isto é assunto de falas compridas e atempadas, sem pressa. E aproveitem o domingo para olhar para dentro um do outro e do pintassilgo da gaiola, olhar muito para dentro um do outro e do pintassilgo da gaiola.

Minutos depois achava-se no pátio do hospital ao pé do seu pequeno automóvel amolgado, sempre sujo, meu minúsculo bunker ambulante, meu abrigo. Qualquer dia não distante, decidiu, perco a valer a transmontana e colo uma andorinha de loiça no capot.

Quando entrou no restaurante, quase a correr porque o relógio da garagem vizinha marcava uma e um quarto, o amigo já o esperava do outro lado da porta de vidro, a examinar os livros policiais que se acumulavam numa espécie de estante rotativa de arame, pinheiro de metal adubado por um estrume de jornais de direita empilhados no chão. A empregada com cara de raposa da tabacaria, protegida por uma muralha de revistas, ensaiava o seu inglês esquemático para camones benévolos com um casal de meia-idade a quem aquela gíria esquisita de que reconheciam nebulosamente uma ou outra palavra ocasional surpreendia. A raposa completava o seu discurso com grande cópia de gestos exemplificativos de roberto de feira, os outros retorquiam-lhe num morse de caretas, e o amigo, que abandonara os livros, assistia fascinado a esse ballet frenético de seres que permaneceriam irremediavelmente estranhos mau grado os seus esbracejados esforços para se encontrarem numa linguagem comum. O psiquiatra desejou com desespero um esperanto que abolisse as distâncias exteriores e interiores que separam as pessoas, aparelho verbal capaz de abrir janelas de manhã nas fundas noites de cada criatura como certos poemas de Ezra Pound nos mostram de súbito os sótãos de nós mesmos num maravilhamento de revelação: a certeza de ter topado um companheiro de viagem em banco à primeira vista vazio e a alegria da partilha inesperada. Uma das coisas que mais o aproximava da mulher consistia precisamente em conseguir isso com ela sem necessidade sequer de se vestir de frases, a capacidade de se entenderem num rápido soslaio e que nada tinha a ver com o conhecimento um do outro porque desde a primeira vez em que se encontraram fora assim, eram ambos então ainda muito novos e haviam-se quedado siderados com a estranha força oculta daquele milagre que com mais ninguém lhes sucedia, união tão perfeita e tão funda que, pensava, se as filhas a lograssem um dia teria valido a pena para ele o tê-las feito e para elas todos os sarampos da vida achariam razão. A mais velha, principalmente, assustava-o: receava a fragilidade das suas fúrias intempestivas, os seus múltiplos medos, os tensos e atentos olhos verdes no rosto de Cranach: por estar na guerra em África nunca a sentira mover-se no ventre da mãe e ele representara para ela, durante meses, um retrato na sala que lhe designavam com o dedo, desprovido de relevo e de espessura de carne. Nos beijos fugidios que trocavam morava como que um resto desse ressentimento mútuo, contido a custo à beira da ternura.

O almirante melancólico que arrastava a reforma agaloada junto à tabacaria do restaurante sonhando Índias trémulas ao longe abriu a porta de vidro para deixar passar dois sujeitos de aspecto competente, ambos de óculos, um dos quais afirmava ao outro:

– Deixei-lhe a coisa em pratos limpos, sabes como eu sou. Fui-me a trote ao gabinete do gajo e disse logo: se você seu sacana não me manda de volta à minha secção não lhe sobra um corno inteiro. Só queria que visses aquele caralho de merda a borrar-se de cagaço.

O que leva os porteiros-almirantes, pensou o médico, a trocar o mar por restaurantes e hotéis, de pontes de comando reduzidas às proporções de capachos gastos, e estendendo a mão curva na direcção das gorjetas como o elefante do Jardim estica a tromba para os molhos de cenouras do tratador? Georges anda ver o meu país de marinheiros a navegar nas águas insonsas da subserviência resignada. Na berma do passeio os sujeitos dos óculos acenavam para um táxi vazio como náufragos para um barco indiferente. O casal de meia-idade tentava, com o auxílio do catecismo de uma gramática, exclamações em zulu em que ecoavam, distorcidas, semelhanças remotas com português de Linguaphone do género O quintal do meu tio é maior do que o lápis do teu irmão. O psiquiatra, que aproveitara a saída dos náufragos para se introduzir de perfil, tal os egípcios da História do Matoso, no vestíbulo das Galerias, correspondeu com uma continência aproximativa à vénia indefinida do almirante e admirou-se (como sempre lhe sucedia) que o marujo não depositasse uma gota de cuspo no médio e o erguesse para estudar a direcção do vento, à maneira dos corsários de órbita tapada dos filmes da sua infância. Somos ele e eu Sandokans de meia-idade, pensou o médico, em que a aventura consiste em decifrar a página necrológica do jornal na esperança de que a omissão do nosso nome nos garanta estarmos vivos. E vamos entretanto partindo aos pedaços, por fracções, o cabelo, o apêndice, a vesícula, alguns dentes, como encomendas desmontáveis. Lá fora o vento mexia nos ramos dos plátanos como ele tocara na cabeça do puto no hospital, e por detrás da Penitenciária acumulava-se um cinzento espesso de ameaças. O amigo tocou-lhe de leve no cotovelo: era alto, jovem, um pouco curvado, e os olhos possuíam uma serena suavidade vegetal.

– O meu avô esteve ali um porradão de meses, informou-o o psiquiatra indicando com o queixo o edifício da prisão e o muro de cartolina ao longo da Marquês da Fronteira, agora sombria de chuva próxima. Esteve ali um porradão de meses depois da revolta de Monsanto, tropa monárquico percebes, até ao fim assinou o Debate. O meu pai costumava contar-nos como ia visitá-lo com a minha avó à choça e subiam a avenida no verão, esmagados de calor, ele vestido à maruja como macaco de realejo, ela de chapéu e sombrinha a empurrar a barriga grávida adiante de si como o Florentino moço de fretes carregava pianos por Benfica num carro de mão descomunal. Não, a sério, repara no quadro: a alemã de órbita azul cujo pai se suicidou com duas pistolas sentou-se à secretária e trás, e o garoto apertado na farda de carnaval, dueto a caminho de um capitão de bigodes que desceu do Forte com um tipo ferido às costas até encalhar nas espingardas dos carbonários. Nem se distinguem as feições nas fotografias ovais desse tempo ardente, e quando nós nascemos já o Salazar transformara o país num seminário domesticado.

– Quando eu andava na escola, disse o amigo, a professora, que cheirava mal dos pés aliás tortos, mandou-nos desenhar os bichos do Zoológico e eu fiz o cemitério dos cães, lembras-te como é? O Alto de São João dos caniches? Dá-me ideia às vezes que Portugal todo é um pouco isso, o mau gosto da saudade em diminutivo e latidos enterrados debaixo de lápides pífias.

– Ao nosso Mondego a eterna saudade da sua Leninha, declarou o médico.

– Ao querido Bijú dos donos que nunca o esquecem Milú e Fernando, respondeu o amigo.

– Agora, disse o psiquiatra, substituem os funerais dos rafeiros pelos agradecimentos ao Divino Espírito Santo ou ao Menino Jesus de Praga no Diário de Notícias. Terra do camandro: se El-Rei D. Pedro voltasse ao mundo não achava em todo o reino quem capar. Já se nasce Inválido do Comércio e reduzimos as ambições ao primeiro prémio do sorteio da Liga de Cegos João de Deus, Ford Capri manhoso em cima de camioneta a tonitruar de altifalantes.

O amigo roçou a barba loira no ombro do médico: parecia um ecologista que houvesse feito à burguesia a generosa concessão de uma gravata.

– Tens escrito?, interrogou.

De mês a mês desfechava de súbito esta pergunta aterradora, porque para o psiquiatra o manuseio das palavras constituía uma espécie de vergonha secreta, obsessão eternamente adiada.

– Enquanto o não fizer posso sempre acreditar que se o fizer o faço bem, explicou ele, e compensar-me com isso das minhas muitas pernas mancas de centopeia coxa, enxergas? Mas se começar um livro a sério e parir merda que desculpa me fica?

– Podes não parir merda, argumentou o amigo.

– Também posso ganhar a casa da Eva do Natal sem comprar a revista. Ou ser eleito papa. Ou marcar livres em folha seca num estádio cheio. Deixa lá que depois de eu morrer tu publicas os meus inéditos com um prefácio elucidativo, Fulano, Tal Como O Conheci. Chamar-te-ás Max Brod e podes-me tratar na intimidade do leito por Franz Kafka.

Tinham abandonado o almirante a assoar-se tumultuosamente à vela do lenço e escolhido o andar do meio, que o médico preferia pela tonalidade de incubadora da luz, lâmpadas escondidas em tubos de passadeira de latão. As pessoas comiam ombro a ombro como os apóstolos na última Ceia e do outro lado das ferraduras dos balcões os empregados agitavam-se num frenesim de insectos, fardados de branco, comandados por um tipo à paisana de mãos atrás das costas que recordou ao psiquiatra os fiscais das obras a assistirem de palito nos dentes ao esforço de galés dos operários: nunca entendera a razão de ser dessas criaturas autoritárias e silenciosas observando o trabalho dos outros com pupilas de goraz, encostados a gigantescos Mercedes azul cueca. O amigo debruçou-se para colher a ementa pousada numa calha de metal sobre frascos de mostarda e de molhos diversos (os produtos de beleza da culinária, pensou o médico), abriu-a com unção cardinalícia, e começou a ler baixinho o nome dos pratos num regalo fradesco: nunca concedera a ninguém a partilha dessa operação voluptuosa, ao passo que o psiquiatra se interessava preferencialmente pelos preços, herança da casa dos pais onde a sopa se multiplicava, indefinida, refeição após refeição, num prodígio aguado. Um dia, era ele já homem, surgiu uma garrafa de vinho na mesa e a mãe explicou repartindo os olhos claros pela descendência estupefacta:

– Agora, graças a Deus, podemos.

Minha velha, pensou ele, minha velha-velha nunca soubemos entender-nos bem um com o outro: logo à nascença te quase matei de eclâmpsia, tirado a ferros de ti, e segundo a tua perspectiva tenho caminhado pelos anos de trambolhão em trambolhão a caminho de uma qualquer mas certa desgraça derradeira. O meu filho mais velho é maluco, anunciavas às visitas para desculpar as (para ti) bizarrias do meu comportamento, as minhas inexplicáveis melancolias, os versos que às ocultas segregava, casulos de sonetos para uma angústia informe. A avó onde eu ia aos domingos com a ideia posta nas nádegas da criada, e que morava à sombra da glória e das condecorações de dois generais defuntos, avisava-me doridamente à hora do bife:

– Tu matas a tua mãe.

E mato-te ou mato-me minha velha que durante tanto tempo pareceste minha irmã, pequena, bonita, frágil, pastorinha de vitral e bruma do Sardinha, de horário distribuído entre o Proust e o Paris-Match, parideira de herdeiros machos que te deixaram intacta no enxuto das ancas e no arame fino dos ossos? Herdei talvez de ti o gosto do silêncio, e as sucessivas barrigas não te consentiram o espaço de me amares como eu necessitava, como eu queria, até que ao darmos pela existência frente a frente um do outro, tu minha mãe e eu teu filho, era tarde demais para o que, na minha forma de sentir, não tinha havido. O gosto do silêncio e o fitarmo-nos como estranhos separados por distância impossível de abolir, que pensarás de facto de mim, da minha vontade informulada de te reentrar no útero para um demorado sono mineral sem sonhos, pausa de pedra nesta corrida que me apavora e que do exterior se me diria imposta, enfrenesiado trote da angústia na direcção do repouso que não há. Mato-me, mãe, sem que ninguém ou quase ninguém o note, baloiço pendurado na corda de um sorriso, choro por dentro humidades de gruta, suor de granito, secreto nevoeiro em que me escondo. Silêncio até na música de fundo do restaurante, pastilha rennie em clave de sol a ajudar digestões de engolir apressado para avestruzes que comungam pizzas a contra-relógio, música de fundo que me recorda sempre linguados de fusas a alaparem-se nas areias da pauta com olhinhos melosos observando protuberantemente o aquário, embalo de intestinos resignados. O amigo conseguiu por fim captar o interesse de um empregado que vibrava de impaciência, esporeado por múltiplos chamamentos, como um cavalo picado por ordens simultâneas e contraditórias, sacudindo as crinas ralas do cabelo de indecisão aflita.

– O que é que escolhes?, perguntou ao médico que disputava o seu metro de balcão a uma enorme dama obesa ocupada pela pirâmide de um enorme gelado obeso, barroco de frutas cristalizadas, com o qual combatia ferozmente a grandes golpes de colher: não se entendia bem qual dos dois devoraria o outro.

– Hamburguer com arroz, disse o psiquiatra sem olhar o missal dos peixes e das carnes em que o latim dera lugar a um francês de caçarolas ditado pela autoridade de prima-dona do cozinheiro, pemican, ó cara pálida meu irmão, antes de ingressar na Pradaria das Caçadas Eternas.

– Um hamburguer e uma perna de porco, traduziu o amigo para o empregado quase a estalar de desespero. Mais um minuto, pensou o médico, e abrem-se-lhe fendas de terramoto nas bochechas e todo ele se desintegra no chão num fragor de derrocada.

– Síncope de prédio antigo, disse alto, síncope de Prémio Valmor atacado de lepra e de caruncho.

A senhora do sorvete guinou para ele soslaio de cão vadio prestes à refrega por recear ameaçada a sua vasculhação de lixo comestível: primeiro o chantilly e a seguir a metafísica, reflectiu o psiquiatra.

– O quê?, perguntou o amigo.

– O quê o quê?, perguntou o médico.

– Mexias a boca e não ouvi um som, disse o amigo. Como as beatas nas igrejas.

– Estava cá a magicar que escrever é um bocado fazer respiração artificial ao dicionário de Moraes, à gramática da 4.ª classe e aos restantes jazigos de palavras defuntas, e eu ora cheio ora vazio de oxigénio, aparvalhado de dúvidas.

Defronte deles uma rapariga vesga idêntica a um pardal com cio segredava risos confidenciais a um quadragenário encurvado em concha para lhe receber as gargalhadinhas saltitantes. O psiquiatra quase apostava que o homem havia sido padre pela ausência de arestas dos seus gestos e pela curva mole dos beiços em que introduzia pedaços de pão num ritmo certo de metrónomo, ficando a mastigar demoradamente em vagares desdenhosos de camelo. Das pálpebras desciam soslaios baços e lentos e a rapariga vesga, maravilhada, mordiscava-lhe com os dentes estragados um pedaço da orelha à laia de uma girafa estendendo a língua grossa, por cima das grades, para as folhas dos eucaliptos.

Um segundo empregado, parecido com Harpo Marx, empurrou para as toalhas de papel as fatias de porco assado e o hamburguer. De garfo em riste o médico sentiu-se vitelo atrelado à manjedoura que partilhava com mais vitelos, aprisionados todos pela tirania dos empregos, sem tempo para a alegria e para a esperança. Trabalho, o passeio de automóvel aos domingos segundo o inevitável triângulo Casa-Sintra-Cascais, novamente trabalho, novamente o passeio de automóvel, e isto até que uma carreta funerária nos colha de surpresa à esquina do enfarte e termine o ciclo no ponto final dos Prazeres. Depressa por favor depressa, pediu ele com o corpo todo ao Deus da sua meninice, barbudo papão amigo íntimo das tias, senhorio do sacristão coxo de Nelas, columbófilo divino dono das caixas das esmolas e dos Santos Expeditos dos altares laterais, com quem mantinha a relação desiludida de amantes que pouco aguardam um do outro. Como ninguém lhe respondesse comeu o único cogumelo que enfeitava o hamburguer e que se assemelhava a um molar amarelecido à falta de dentífrico. Pelo silêncio do amigo notou que ele esperava a justificação do telefonema da manhã com a sua paciência habitual de árvore tranquila.

– Cheguei ao fundo, disse o psiquiatra com o cogumelo ainda na língua, lembrando-se de que em pequeno, na catequese, o haviam prevenido ser horrível pecado falar antes de engolir a hóstia. Ao fundo dos fundos, chiba. Ao fundo do fundo dos fundos.

Ao lado da vesga um cavalheiro idoso lia as Selecções à espera do almoço: Eu Sou O Testículo De João.
Para que quererá os testículos um sujeito de sessenta
anos?

– Cheguei ao fundo dos fundos, continuou o psiquiatra, e não tenho a certeza de conseguir sair dos limos
onde estou. Não tenho mesmo a certeza de que haja sequer saída para mim, percebes? Às vezes ouvia falar os
doentes e pensava em como aquele tipo ou aquela tipa
se enfiavam no poço e eu não achava forma de os arrancar de lá devido ao curto comprimento do meu braço.
Como quando em estudantes nos mostravam os cance-
rosos nas enfermarias agarrados ao mundo pelo umbigo
da morfina. Pensava na angústia daquele tipo ou daquela tipa, tirava remédios e palavras de consolo do meu espanto, mas nunca cuidei vir um dia a engrossar as tro-
pas porque eu, porra, tinha força. Tinha força: tinha
mulher, tinha filhas, o projecto de escrever, coisas concretas, bóias de me aguentar à superfície. Se a ansiedade
me picava um nada, à noite, sabes como é, ia ao quarto
das miúdas, àquela desordem de tralha infantil, via-as
dormir, serenava: sentia-me escorado, hã, escorado e a
salvo. E de repente, caralho, voltou-se-me a vida do
avesso, eis-me barata de costas a espernear, sem apoios.
A gente, entendes, quero dizer eu e ela, gostava muito
um do outro, continua a gostar muito um do outro e os
tomates desta merda é eu não conseguir pôr-me outra
vez direito, telefonar-lhe e dizer – Vamos lutar, porque
se calhar perdi a gana de lutar, os braços não se movem,
a voz não fala, os tendões do pescoço não seguram a cabeça. E foda-se, é só isso que eu quero. Acho que nós
os dois temos falhado por não saber perdoar, por não
saber não ser completamente aceite, e entrementes, no
ferir e no ser ferido, o nosso amor (é bom falar assim:
o nosso amor) resiste e cresce sem que nenhum sopro

até hoje o apague. É como se eu só pudesse amá-la longe dela com tanta vontade, catano, de a amar de perto, corpo a corpo, conforme desde que nos conhecemos o nosso combate tem sido. Dar-lhe o que até hoje lhe não soube dar e há em mim, congelado embora mas respirando sempre, sementinha escondida que aguarda. O que a partir do início lhe quis dar, lhe quero dar, a ternura, percebes, sem egoísmo, o quotidiano sem rotina, a entrega absoluta de um viver em partilha, total, quente e simples como um pinto na mão, animal pequeno assustado e trémulo, nosso.

Calou-se de garganta embrulhada enquanto o cavalheiro das Selecções, depois de dobrar um canto de página antes de fechar a revista, vertia o conteúdo de um pacote de açúcar, em piparotes cautelosos, na icterícia do chá de limão. A dama obesa vencera definitivamente o gelado e cabeceava de leve num saciamento de jibóia. Três adolescentes míopes conferenciavam sobre os bifes respectivos, mirando de viés uma ruiva solitária de faca parada no ar como a pata suspensa de uma cegonha, entregue a meditações indecifráveis.

– Nenhum de vocês arranja uma pessoa como o outro, disse o amigo afastando o prato vazio com as costas da mão, nenhum de vocês arranja uma pessoa tão para o outro como o outro, tão de acordo com o outro como o outro, mas tu castigas-te e castigas-te numa culpabilidade de alcoólico, enfiaste-te na idiotice do Estoril, desapareceste, ninguém te vê, evaporaste-te no ar. Continuo à tua espera para acabarmos o trabalho sobre Acting-Out.

– Ando vazio de ideias, disse o médico.

– Andas vazio de tudo, respondeu o amigo. Porque é que já agora não enfias os cornos contra um muro?

O psiquiatra recordou-se de uma frase da mulher pouco antes de se separarem. Estavam sentados no sofá vermelho da sala, sob uma gravura do Bartolomeu que ele apreciava muito, enquanto o gato buscava um espaço morno entre os quadris de ambos, e nisto ela voltara para ele os grandes e decididos olhos castanhos e declarara:

– Não admito que comigo ou sem mim você desista porque eu acredito em si e apostei em si a pés juntos.

E lembrou-se de como isso o aguilhoara e lhe doera e de como enxotara o bicho para abraçar o corpo estreito e moreno da mulher, repetindo GTS, GTS, GTS, numa emoção aflita: fora ela a primeira pessoa a amá-lo inteiro, com o peso enorme dos seus defeitos dentro. E a primeira (e a única) a encorajá-lo a escrever, pagasse o preço que pagasse por essa quase tortura sem finalidade aparente de meter um poema ou uma história num quadrado de papel. E eu, perguntou-se, que fiz eu verdadeiramente por ti, em que tentei, de facto, ajudar-te? Contrapondo o meu egoísmo ao teu amor, o meu desinteresse ao teu interesse, a minha desistência ao teu combate?

– Sou um cagado a pedir socorro, disse ele ao amigo, tão cagado que nem me aguento nas canetas. A pedir mais uma vez a atenção dos outros sem dar nada em troca. Choro lágrimas de crocodilo puto que nem a mim me ajudam e se calhar é só em mim que penso.

– Experimenta ser homem para variar, respondeu o amigo arpoando o irmão Marx pela manga para lhe pedir um café duplo. Experimenta ser homem um bocadinho que seja: pode ser que te aguentes no balanço.

O médico olhou para baixo e reparou que não tocara no hamburguer. A vista da carne e do molho coalhados e frios acendeu nele uma espécie de tontura agoniada que lhe trepou em torvelinho das tripas para a boca. Desceu do banco como de uma sela difícil de repente excessivamente móvel, contendo o vómito a poder dos músculos da barriga, mãos abertas adiante da boca, atarantado. Conseguiu ainda alcançar os lavabos e, dobrado para a frente, principiou a expulsar aos arrancos, no lavatório mais próximo da porta, restos confusos do jantar da véspera e do pequeno-almoço matinal, pedaços esbranquiçados e gelatinosos que escorregavam, repulsivos, para o ralo. Quando se conseguiu dominar o suficiente para lavar a boca e as palmas viu no espelho que o amigo, por detrás dele, lhe olhava a cara escavada de palidez, torcida ainda pela sufocação e pelas cólicas.

– Eh pá, disse ele para a imagem reflectida, anjo tutelar da sua angústia imóvel sobre um fundo de azulejos, eh pá, cona da prima, cu de velha ranhosa, tomates do padre Inácio, é mesmo muito fodido ser homem. Não é?

As nuvens que formavam como que um boné de dormir sobre a silhueta de cartão recortado da Penitenciária estendiam a sombra escura até meio do Parque enquanto o médico se dirigia para o automóvel que como de costume deixara estacionado não se lembrava bem onde, num qualquer ponto sob o verde doirado dos plátanos que bordejavam o enorme espaço central aberto até ao rio numa amplidão sem majestade. Um grupo de ciganos acocorados no passeio discutia aos gritos a posse de um relógio de parede decrépito, cujo pêndulo agónico oscilava como um braço caído de uma maca, soltando de quando em quando um tique-taque exausto de último suspiro. Não era ainda a hora de os homossexuais povoarem os intervalos entre as árvores com as suas silhuetas expectantes, afagados por carros que se roçavam languidamente por eles à maneira de grandes gatos ávidos, tripulados por senhores que envelheciam como as violetas murcham, numa doçura magoada. O psiquiatra tivera ali o seu primeiro encontro com uma prostituta que ocupava em grandes passadas proprietárias oito metros de calcário, majestosa de pérolas falsas e de pavorosos anéis de vidro, enorme padeira de Aljubarrota que o salvara a golpes de malinha de

mão dos sorrisos de sereia de um par de travestis apertados em cetins vermelhos, com botas de tropa nos pés,
furriéis arredondando o pré com part-times de carnaval,
a fim de o arrastar autoritariamente para um quarto sem
janelas com gravuras de frades borrachos nas paredes
e o retrato de Cary Grant no oval de crochet da cómo-
da. Dividido entre a timidez e o desejo o médico assisti-
ra em peúgas, abraçado à roupa que não sabia onde
pousar, à metamorfose daquela Mata Hari de pacotilha
num ser semelhante ao monstro de teta hercúlea a rasgar listas telefónicas no circo que passeava na praia, no
verão, os tigres sarnosos da sua miséria de lantejoulas
sem brilho. A mulher introduziu-se nos lençóis como
uma fatia de fiambre entre duas metades de um pão,
e ele, atónito, aproximou-se até tocar a medo na colcha
à maneira de quem palpa com os joanetes, em atitude
de ballet friorento, a temperatura da piscina. A túlipa
do tecto revelava o planisfério de continentes desconhecidos que a humidade desenhava na caliça. O grito impaciente – É para hoje ó necas?, atirou-o sobre a cama
com a veemência sem réplica de um pontapé oportuno,
e o psiquiatra perdeu a virgindade ao penetrar, todo ele,
num grande túnel peludo, afogando o nariz na almofada
semeada de ganchos de cabelo como uma árvore de Natal de flocos de algodão, a que aderiam placas de caspa
idênticas a grandes lâminas gordurosas. Dois dias depois, pingando nas cuecas uma estearina que ardia, ob-
teve, através das injecções do farmacêutico, a certeza de
que o amor é uma doença perigosa que se cura com
uma caixa de ampolas e lavagens de permanganato morno no bidé da criada, para furtar a veemência das paixões à curiosidade questionante da mãe.

Mas a essa hora inocente da tarde o Parque povoava-
-se apenas de japoneses joviais cumprimentando-se uns
aos outros numa linguagem de periquitos, a quem os ci-

ganos tentavam impingir o relógio de parede com a determinação de quem lança pazadas de farinha Maizena para a goela de crianças renitentes, e os japoneses, surpresos, miravam aquele estranho armazém de minutos de que o pêndulo pendia de uma portinha de vidro como o coração cercado de espinhos dos Cristos das pagelas, como se observassem, entre a curiosidade e o espanto, um antepassado de feições vagamente semelhantes às dos ovnis cromados que lhes cintilavam mensagens luminosas nos pulsos estreitos. O psiquiatra sentiu-se de repente pré-histórico junto desses seres cujos olhos oblíquos eram lentes de Leika e cujos estômagos haviam sido substituídos por carburadores de Datsun, para sempre libertos de guinadas de azia e de gases que hesitavam entre o suspiro e o arroto: não sei se é borborigmo se tristeza, pensava muitas vezes quando lhe inchava o peito e lhe chegava à boca o balão de uma pastilha elástica sem pastilha a evaporar-se pelos lábios num assobiozinho de cometa, e atribuía por comodidade ao esófago o que de facto dizia respeito à confusão da sua angústia.

Encontrou o automóvel comprimido por duas stations enormes, elefantes de marfim de amparar livros de tia-avó sustentando a contragosto um folheto irrisório: Um dia destes compro um camião de dezasseis rodas e transformo-me assim numa pessoa decisiva, resolveu o médico introduzindo-se no carro minúsculo, de tablier repleto de cassetes que não tocavam e de embalagens de medicamentos que haviam ultrapassado há muito o prazo de validade: conservava tais inutilidades como outros guardam na gaveta o frasco com as pedras da operação à vesícula, na esperança comovente de balizar o passado daquilo que a vida abandona nas margens do seu curso, e corria de tempos a tempos os dedos pelos remédios como os árabes afagam as suas contas misteriosas. Eu sou um homem de uma certa idade, citou ele em voz alta como sempre lhe acontecia quando Lisboa, num gesto meditativo de lagosta de viveiro, lhe apertava as pinças em torno dos tendões do pescoço, e casas, árvores, praças e ruas penetravam tumultuosamente na sua cabeça à moda de um quadro de Soutine dançando um charleston carnívoro e frenético.

Girando o volante, para um e outro lado, como uma roda de leme, furtou-se aos hipopótamos adormecidos das stations a erguerem do rio do asfalto os olhos preguiçosos dos faróis, mamíferos tripulados por caixeiros-viajantes loquazes que percorriam a província em safaris em que as aldeias indígenas cediam o lugar a coretos afligidos por psoríases de ferrugem, em torno dos quais velhos de bengala escarravam com autoridade entre as botas de carneira, e ingressou no carreiro de formigas soluçado do trânsito, comandado do fundo pelas piscadelas de olho sem sensualidade do semáforo. O verde luminoso aparentava-se à cor das íris da filha mais crescida quando sorria de prazer sob os cabelos loiros em desordem, minúscula feiticeira escarranchada na vassoura de zebra de pau do carrossel durante viagens de uma alegria exultante: o psiquiatra achava-a então muito mais velha do que na realidade era, e sentia-se, encostado à balaustrada de ferro, pagando melancolicamente ao empregado, um cavalheiro idoso a tropeçar nas ceroulas na direcção da meta próxima do cancro da próstata e da última algália, pobres girândolas finais dos destinos anónimos.

Com o motor do carro a gaguejar segundo os arrancos de indigestão de uma longa fieira de capots, ia procurando nos Prémios Valmor barrocos das esquinas, reduzidos Jerónimos que escondiam no interior dinastias de coronéis na reserva e de octogenárias mirabolantes, o consultório do dentista: não trabalhava nas tardes de sexta-feira e fazia o possível por mobilar o longo túnel oco dos fins-de-semana de pequenas actividades marginais, tal como as tias ocupavam o espaço confortável das manhãs visitando, armadas de terços, boas palavras e moedas de cinco tostões o que denominavam com orgulho proprietário de «os nossos pobrezinhos», criaturas acomodatícias a quem o papão inquietante do Comunismo não assaltara ainda de perigosas dúvidas acerca da virtude da Sãozinha. O médico acompanhara--as algumas vezes nesses raides sinistro-piedosos (Não se chegue muito a eles por causa das doenças) de que conservava a recordação pungente do cheiro da fome e da miséria e de um paralítico que rastejava na lama entre as barracas, de mão estendida para as tias que lhe garantiam, de missal em riste, os faustos da eternidade na condição essencial de respeitar escrupulosamente as pratas da nossa família.

No regresso a casa o psiquiatra era por seu turno catequizado (O menino reze para não haver uma revolução que esta gentinha é bem capaz de nos matar a todos), enquanto lhe explicavam que Deus, ser conservador por excelência, assegurava o equilíbrio das instituições ofertando a quem não tinha criado óptimas tísicas galopantes que poupavam a maçada quotidiana dos trabalhos domésticos e dos calores da menopausa, ondas escarlates que lhes vinham lembrar o facto vergonhoso de possuírem sob as saias as exigências, presentes ainda que moribundas, de um sexo. E veio-lhe à ideia que quando principiara a masturbar-se a mãe, intrigada, fora mostrar ao marido uma mancha nas cuecas, na sequência do que recebera convocatória formal para se apresentar no escritório, altar-mor da casa onde o pai estudava interminavelmente de cachimbo nas gengivas doenças estranhas em livros alemães. Ser chamado ao escritório constituía por si só o acto mais solene e terrível da sua infância, e penetrava-se no augusto local de mãos atrás das costas e língua a enrolar-se já de desculpas, numa resignação de vitelo no matadouro. O pai que escrevia sobre uma tábua nos joelhos escorregou para ele um soslaio severo como um vestido preto onde se entrevia a renda da saia de baixo de uma espécie de compreensão furtiva, e disse na bela voz profunda com que recitava os sonetos de Antero durante as anginas dos filhos, sentado na borda da cama, de livro na mão, solene como se cumprisse um ritual iniciático:

– Vê se tens cuidado e se te lavas.

E fora a primeira vez, pensou o médico, em que se apercebera fisicamente de que o pai houvera sido novo, e se confrontara, olhando-lhe a cara magra e séria, lavrada de ossos, e as órbitas agudas de um pardo fosforescente, com a evidência angustiante de ter de por seu turno tropeçar de metamorfose em metamorfose na direcção do insecto perfeito que não alcançaria nunca. Não vou ser capaz não vou ser capaz não vou ser capaz repetia-se ele parado no tapete do escritório, fitando a silhueta de quaker do pai, inclinado para o papel em atenções de bordadeira. O futuro surgia-lhe sob a forma de um ralo escuro e sôfrego pronto a sugar-lhe o corpo pela garganta ferrugenta, trajecto de cambulhada de esgoto em esgoto rumo ao mar intratável da velhice, deixando na areia da vazante os dentes e os cabelos das decrepitudes sem majestade. O retrato da mãe sorria na estante brilhos melancólicos de rosácea como se a manhã da sua alegria atravessasse a custo o vitral pálido dos lábios: também ela não conseguira, oscilando indecisa entre a canasta e o Eça e perdendo-se sozinha num canto de sofá em meditações enigmáticas, e porventura com os outros, o resto da tribo, sucedera o mesmo, solitários ainda quando não sós, irremediavelmente separados pelo infinito da desesperança. Reviu o avô na varanda da casa de Nelas, nessas tardes da Beira em que o crepúsculo alonga sobre a serra brumas lilases de filme bíblico, a observar os castanheiros na amargura de um almirante no topo de um barco que naufraga, reviu a avó passeando para trás e para a frente no corredor a febre da energia inútil em cuja chama ardia, os tios que o quotidiano plastificara, a resignação morna das visitas, o silêncio que cobria de súbito o rumor das conversas e durante o qual as pessoas se agitavam, aterradas, presas de medos que se não exprimiam. Quem era capaz, interrogou-se o psiquiatra procurando lugar para o carro perto do consultório do dentista e arrumando-o às arrecuas junto a uma mercearia leprosa assassinada no seu arroz e nas suas batatas por um supermercado gigantesco que oferecia aos visitantes siderados comida americana já mastigada, embrulhada no celofane da voz de Andy Williams a evaporar-se em hálitos sedutores de altifalantes sabiamente distribuídos, quem era capaz de se oferecer a si próprio de si próprio o perfil perfeito de um ginasta romeno imóvel no ar num exercício de argolas, soltando bafos de pó de talco dos sovacos de Tarzan? Talvez que eu esteja morto, pensou, certamente que morri de modo que nada de importante me pode já acontecer, só a gangrena a roer o corpo por dentro, a cabeça oca de ideias, e lá em cima, a superfície, a mão mole do vento a remexer, à procura, as copas dos ciprestes, num frémito de folhas de jornal velho que se amarrota.

No corredor do consultório do dentista o zumbido da broca pairava invisível na penumbra em insistências de varejeira, buscando o torrão de açúcar de um molar desprevenido. A empregada magra e pálida como uma condessa hemofílica estendeu-lhe os dedos transparentes do outro lado do balcão:

– Está melhorzinho senhor doutor?

Pertencia à classe de portugueses que transformam os acontecimentos da vida numa arrepiante sucessão de diminutivos: na semana anterior o médico escutara esmagado o relato minucioso da gripe do filho da funcionária, criança perversa que costumava entreter-se com as cavilhas do PBX, desviando para Boston ou para o Nepal os uivos de dor dos abcessos lisboetas:

– Teve um sofrimentozinho na barriguinha, pus-lhe o termómetro no bracinho, os olhinhos do menino, coitadinho, andavam-me tão inflamadinhos que nem calcula, levou uma semana a caldinhos de franguinho, ainda pensei em telefonar ao paizinho do senhor doutor, nunca se sabe naquelas idades se o cerebrozinho fica afectado, agora graças a Deus recuperou, prometi uma velinha a Santa Filomena, deixei-o sentadinho na caminha, sossegadinho, a brincar aos recepcionistas, já que não pode atender aqui finge que atende lá, ainda agora o engenheiro Godinho, aquele senhor forte muito simpático não desfazendo, que falou porque o incomodava o siso, estranhou não ouvir o meu Edgarzinho, estava habituado a ele, até me disse Ó Dona Delmira então o rapaz?, Se Deus quiser para a semana já o senhor engenheiro o tem aqui, disse eu, não é por ser meu filho, que isso até me ficava mal, mas o senhor doutor não calcula o jeito que ele tem para os auscultadores, em crescendo entra de certeza na Marconi, a minha irmã repete sempre Nunca vi como o Edgar Filipe, ela trata-o por Edgar Filipe que é o nome dele, Edgar do pai e Filipe do padrinho, nunca vi como o Edgar Filipe para os PBX, e é verdade, a minha irmã é casada com um electricista e essas coisas não lhe escapam, queira Nossa Senhora que a gripe lhe não atingisse os ouvidinhos. Eu nem quero pensar que me dá logo uma tontura, ando a effortil já vê, o médico da Caixa avisou-me A senhora acautele-se com a tensão, nos rins não tem nada mas acautele-se com a tensão, de modos que fica a horinha do senhor doutor marcada para sexta-feira.

Este tipo de conversa de caravela de filigrana, pensou o psiquiatra, provoca em mim a exaltação admirativa que me despertam os naperons de crochet e as pinturas de carrossel, amuletos de povo que agoniza numa paisagem conformada de gatos em peitoris de rés-do-chão e de urinóis subterrâneos. O próprio rio vem suspirar no fundo das retretes a sua asma sem grandeza: dobrado o cabo Bojador o mar tornou-se irremediavelmente gordo e manso como os cães das porteiras, a roçarem-nos nos tornozelos a submissão irritante dos lombos de capados. Receando uma nova descrição de infortúnios de saúde o médico sumiu-se na gruta da sala de espera à laia de caranguejo ameaçado por camaroeiro tenaz. Aí, uma pilha de revistas missionárias amontoadas junto ao candeeiro de ferro forjado que difundia em torno uma luz coada de órbita vesga, garantia-lhe a paz inocente de um padre-nosso zulu. Arrumando as ancas no sofá de cabedal preto gasto pelas incontáveis cáries que o haviam precedido, cavalo embalsamado em forma de cadeira e porventura capaz de três ou quatro coices trôpegos, extraiu da pilha de jornais virtuosos os restos de um semanário com uma freira mestiça a rir na capa e em que um padre escocês narrava, num longo artigo ilustrado por fotografias de zebras, a frutuosa evangelização de uma tribo de pigmeus, dois dos quais, o diácono M'Fulum e o subdiácono T'Loclu, preparavam hoje em Roma a tese revolucionária que estabelecia a altura exacta da Arca de Noé a partir do cálculo do comprimento médio dos pescoços das girafas: a etno-teologia derrubava o catecismo. Dentro em breve um cónego da Arábia Saudita iria demonstrar que Adão era um camelo, a serpente um pipe-line e Deus Pai um xeique de óculos ray-ban comandando cardumes de anjos eunucos do Paraíso do seu Mercedes de seis portas. Por instantes o psiquiatra pensou que o Aga Kan constituía de facto a incarnação de Jesus Cristo, vingando-se dos aborrecimentos do Calvário ao descer de ski as montanhas suíças na companhia da Miss Filipinas, e os verdadeiros santos os sujeitos bronzeados que anunciam maços de Rothman's King Size em atitudes viris de post--coito triunfal. Comparou-se mentalmente com eles, e a lembrança do vulto que entrevia de tempos a tempos, de surpresa, nos espelhos das pastelarias, magro, frágil, e possuindo como que uma espécie de graciosidade inacabada, fê-lo confrontar-se pela milionésima vez com a amargura da sua origem terrena, prometida a um futuro sem glória. Uma dor constante torcia-lhe o queixal. Sentia-se sozinho e desarmado perante um xadrez insensato cujas regras desconhecia. Necessitava com urgência de uma educadora infantil que o ensinasse a andar, debruçando para ele seios generosos e ardentes de loba romana contidos pelo tecido suave ao tacto de um soutien cor-de-rosa. Ninguém o esperava em parte alguma. Ninguém se preocupava em especial com ele. E o sofá de couro tornou-se a sua jangada de náufrago à deriva pela cidade deserta.

Esta vertiginosa certeza de vazio que o visitava com mais frequência nas horas matinais, quando se reagrupava penosamente em torno de si próprio nos movimentos pastosos e engordurados de explorador que regressa de percursos estelares para se achar, rameloso, em dois metros de lençóis em desordem, dissolveu-se um pouco ao escutar passos aproximarem-se no corredor do consultório saudados pela voz da hemofílica (Boa tarde menina Edite tem que esperar um bocadinho na sala) a sair do cubículo no murmúrio de reza chorosa de quem debita o Corão de uma fresta de mesquita. Erguendo o queixo dos pigmeus iluminados pelo exemplar percurso espiritual de São Luís Gonzaga, deu com uma rapariga ruiva que se foi sentar na cadeira gémea da sua, do lado oposto do candeeiro, e que após um primeiro soslaio avaliador, breve e atento como a língua de um holofote, pousou nele os olhos claros no aceno de pestanas com que as rolas se anicham nos cotovelos das estátuas. No prédio fronteiro uma mulher muito gorda sacudia um tapete entre gerânios, enquanto o vizinho de cima, em camisola interior, lia o jornal desportivo num banco de lona na varanda. Eram duas e um quarto da tarde. A rapariga ruiva tirou da carteira um livro da colecção Vampiro marcado com um bilhete de metropolitano, cruzou as pernas como as lâminas de uma tesoura sobrepondo-se, e a curva do peito do pé dela assemelhava-se ao das bailarinas de Degas suspensas em gestos a um tempo instantâneos e eternos, envoltos no vapor de algodão da ternura do pintor: há sempre quem se extasie quando as pessoas voam.

– Olá, disse o médico no tom em que Picasso se deve ter dirigido à sua pomba.

As sobrancelhas da rapariga ruiva convergiram uma para a outra até formarem o acento circunflexo do telhado de um quiosque que os ramos de plátano das madeixas soltas tocavam de leve:

– Era na época em que as dores de dentes falavam, disse ela. Possuía o tipo de timbre que se imagina que Marlene Dietrich teria na juventude.

– Não me dói nenhum dente porque os uso todos postiços, informou o médico. Venho só substituí-los por barbas de tubarão para engolir melhor os peixes do aquário da minha madrinha.

– Eu estou aqui para assassinar o dentista, declarou a rapariga ruiva. Acabo de aprender a receita no Perry Mason.

Na altura do liceu resolvias de certeza num rufo as equações do segundo grau, pensou o psiquiatra a quem as mulheres pragmáticas assustavam: o seu domínio fora sempre o do sonho confuso e vagueante, sem tábua de logaritmos que o descodificasse, e acomodava-se a custo à ideia de uma ordenação geométrica da vida, dentro da qual se sentia desorientado como formiga sem bússola. Daí a sua sensação de existir apenas no passado e de os dias deslizarem às arrecuas como os relógios antigos, cujos ponteiros se deslocam ao contrário em busca dos defuntos dos retratos, lentamente aclarados pelo ressuscitar das horas. Os avós do Brasil estendiam para fora do álbum as barbas amarelas, saias de balão inchavam nas gavetas das fotografias, primos longínquos, de polainas, conversavam na sala, o senhor Barros e Castro recitava Gomes Leal numa entoação preciosa. Quantos anos tenho?, interrogou-se ele procedendo à periódica verificação de si próprio que lhe permitia um entendimento precário com a realidade exterior, substância viscosa em que os seus passos se afundavam, perplexos, sem destino. As filhas, o bilhete de identidade e o lugar no hospital ancoravam-no ainda ao quotidiano mas por tão finos fios que prosseguia pairando, sementinha peluda de sopro em sopro, a hesitar. Desde que se separara da mulher perdera lastro e sentido: as calças sobravam-lhe na cintura, faltavam-lhe botões nos colarinhos, principiava pouco a pouco a assemelhar-se a um vagabundo associal em cuja barba cuidadosamente feita se detectavam as cinzas de um pretérito decente. Ultimamente, observando-se ao espelho, achava que as próprias feições se desabitavam, as pregas do sorriso davam lugar às rugas do desencorajamento. No seu rosto havia cada vez mais testa: em breve faria a risca na orelha e cruzaria sobre a calva seis ou sete farripas pegajosas de fixador, numa ilusão ridícula de mocidade. Lembrou-se de súbito do suspiro saudoso da mãe:

– Os meus filhos são tão bonitos até aos trinta anos.

E desejou desesperadamente retornar à linha de partida, em que as promessas de vitória são não apenas permitidas mas obrigatoriamente desejáveis: o campo dos projectos que se não realizam nunca era um pouco a sua pátria, o seu bairro, a casa de que conhecia de cor os mínimos recantos, as cadeiras coxas, os insectos, os cheiros íntimos, as tábuas que estalavam.

– Quer jantar comigo esta noite?, perguntou à rapariga ruiva que aperfeiçoava as suas intenções criminosas através das medíocres deduções de Perry Mason, alinhando no tribunal silogismos de implacável estupidez.

A hemofílica chamou-o do corredor: tomou apressadamente nota do número de telefone num pedaço de papel arrancado da página da revista missionária em que um grupo de sacristães canibais comungavam sob espécies com evidente apetite (Às sete? Às sete e meia? Chega do cabeleireiro às sete e meia?) e dirigiu-se para o gabinete do dentista a imaginar coxas ruivas espalhadas nos lençóis no abandono contente de depois do amor, o púbis sardento, o odor da pele. Sentou-se na cadeira dos suplícios, cercada de tenebrosos instrumentos, brocas, ganchos, estiletes, ferros, uma gengiva num prato, entregue à excitante tarefa de fantasiar o apartamento dela: almofadas no chão, livros do Círculo dos Leitores nas prateleiras, bibelots de mulher só recuperando a inocência através de bichos de peluche, fotografias celebrando idílios defuntos, uma amiga de óculos e com má pele a discutir a Esquerda entre fumaças antiburguesas de Três Vintes. Nos seus acessos de misoginia o médico costumava classificar as mulheres consoante o tabaco que usavam: a raça Marlboro-sem-ser-de--contrabando lia Gore Vidal, passava o verão em Ibiza, achava Giscard d'Estaing e o príncipe Filipe muito pêssegos e a inteligência uma maçada esquisita; o tipo Malboro-de-contrabando interessava-se por design, bridge e Agatha Christie (em inglês), frequentava a piscina do Muxaxo e considerava a cultura um fenómeno vagamente divertido quando acompanhado do amor do golfe; o género SG–Gigante apreciava Jean Ferrat, Truffaut e o Nouvel Observateur, votava Socialista e mantinha com os homens relações ao mesmo tempo emancipadas e iconoclastas; a classe SG–Filtro tinha o poster de Che Guevara na parede do quarto, nutria-se espiritualmente de Reich e de revistas de decoração, não conseguia dormir sem comprimidos e acampava aos fins-de-semana na lagoa de Albufeira conspirando acerca da criação de um núcleo de estudos marxistas; o estilo Português-Suave não se pintava, cortava as unhas rentes, estudava Anti-Psiquiatria e agonizava de paixões oblíquas por cantores de intervenção feios, de camisa da Nazaré desabotoada e noções sociais peremptórias e esquemáticas; por fim, o lumpen do tabaco de mortalha enlanguescia ao som dos Pink Floyd em gira-discos de pilhas junto à Suzuki do amigo de ocasião, adolescentes fazendo reclame aos amortecedores Koni nas costas dos blusões de plástico. À margem desta taxonomia simplificada situava-se o grupo da Boquilha, menopáusicas donas de boutiques, de antiquários e de restaurantes em Alfama, tilintantes de pulseiras marroquinas, saídas directamente dos esforços dos institutos de beleza para os braços de homens demasiado novos ou demasiado velhos, que lhes ajardinavam as melancolias e as exigências em duplexes a Campo de Ourique, inundados da voz de Ferré e dos bonecos da Rosa Ramalho, e onde as lâmpadas indirectas tingiam os seios gastos de uma penumbra púdica e favorável. Tu, pensou ele referindo-se à mulher enquanto o dentista, espécie de Mefistófeles sarcástico, lhe apontava às pupilas uma tremenda luz de ringue de boxe, tu, pensou, escapaste sempre à derisão e à ironia em que procuro esconder a ternura de que me envergonho e o afecto que me apavora, talvez porque desde o princípio tenhas topado que sob o desafio, a agressividade, a arrogância, se ocultava um apelo aflito, um grito de cego, a mirada lancinante de um surdo que não percebe e busca em vão decifrar, nos lábios dos outros, as palavras apaziguadoras de que necessita. Vieste sempre sem que te chamasse, amparaste sempre o meu sofrimento e o meu pavor, crescemos ilharga a ilharga aprendendo um com o outro a comunhão do isolamento partilhado, como quando parti, sob a chuva, para Angola, e os teus olhos secos se despediram sem falar, pedras escuras guardando dentro como que um sumo de amor. E recordou o corpo deitado na cama nas tardes de Marimba, sob as mangueiras enormes pejadas de morcegos que esperavam a noite pendurados pelos pés à maneira de guarda-chuvas carnívoros (anjos dos ratos, chamava-lhes uma amiga), e a filha mais velha, que então começava a andar, tropeçando para eles agarrada às paredes. Não aguentamos muitos desafios, achou o psiquiatra no instante em que o dentista lhe enganchava o aspirador no canto da boca, não aguentamos muitos desafios e acabamos quase sempre por fugir aterrados à primeira dificuldade que aparece, vencidos sem combate, cães magros que rondam traseiras de hotel no trote miúdo das fomes por saciar. O som da broca que se aproximava numa ferocidade de vespa despertou-o para a realidade da dor iminente quando aquele minúsculo Black and Decker lhe tocasse o queixal. O médico segurou os braços da cadeira a mãos ambas, apertou os músculos da barriga, fechou as pálpebras com força, e tal como costumava fazer diante do sofrimento, da angústia e da insónia, pôs-se a imaginar o mar.

As ruas cá fora seguiam com um passeio ao sol e outro à sombra como coxos em sapatos desiguais, e o médico demorou-se à porta do consultório a palpar as
mandíbulas doridas para se certificar de que continuava
a existir dos olhos para baixo: desde que vira em África
órbitas de crocodilo à deriva no rio, em busca dos corpos que perderam, que temia soltar-se de si próprio para flutuar, sem lastro de intestinos, em torno dos cegos
que desafinam as esquinas com os seus acordeões reu-
máticos de Chopins do pasodoble. Esta cidade que era
a sua oferecia-lhe sempre, através das suas avenidas
e das suas praças, o rosto infinitamente variável de uma
amante caprichosa que as árvores escureciam do cone
de sombra dos remorsos melancólicos, e acontecia-lhe
tropeçar nos Neptunos dos lagos como um bêbedo se
encontra, ao sair de um candeeiro, com o queixo feroz
de um polícia sem humor, culturalmente alimentado pelos erros de gramática do cabo da esquadra. Todas as
estátuas apontavam o dedo na direcção do mar, convi-
dando à Índia ou a um suicídio discreto, consoante o estado de alma e o nível do desejo de aventura no depósito da infância: o psiquiatra observava os rebocadores-
-moços de fretes empurrando enormes pianos-petrolei-

ros, e delegava neles o esforço de corpo e espírito que desistira de fazer, sentado no interior de si próprio como os esquimós velhos abandonados no gelo, esvaziados de sentimentos pela agonia boreal que os habita. Ao voltar da guerra, o médico, habituado entretanto à mata, às fazendas de girassol e à noção de tempo paciente e eterna dos negros, em que os minutos, subitamente elásticos, podiam durar semanas inteiras de tranquila expectativa, tivera de proceder a penoso esforço de acomodação interior a fim de se reacostumar aos prédios de azulejo que constituíam as suas cubatas natais. A palidez das caras compelia-o a diagnosticar uma anemia colectiva, e o português sem sotaque surgia-lhe tão desprovido de encanto como um quotidiano de escriturário. Sujeitos apertados em cilícios de gravatas agitavam-se à sua volta em questiúnculas azedas: o deus Zumbi, senhor do Destino e das Chuvas, não passara o equador, seduzido por um continente onde até a morte possuía a impetuosa alegria de um parto triunfal. Entre a Angola que perdera e a Lisboa que não reganhara o médico sentia-se duplamente órfão, e esta condição de despaisado continuara dolorosamente a prolongar-se porque muita coisa se alterara na sua ausência, as ruas dobravam-se em cotovelos imprevistos, as antenas de televisão espantavam os pombos na direcção do rio obrigando-os a um fado de gaivotas, rugas inesperadas conferiam à boca das tias expressões de Montaignes desiludidos, a multiplicação de eventos familiares empurrava-o para a pré-história do folhetim de que dominava apenas os acidentes paleolíticos. Primos que abandonara em calções resmungavam nas barbas incipientes uma revolta que o transcendia, celebravam-se defuntos que deixara a coleccionar as obrigações do Tesouro para as quais haviam deslocado o apetite infantil de amontoar caricas: no fundo era como se, através dele, se repetisse um Fr. Luís de Sousa de blazer.

De modo que nas tardes livres cavalgava o pequeno automóvel amolgado e procedia com método à verificação da cidade, bairro por bairro e igreja por igreja, em peregrinações que terminavam invariavelmente na Rocha do Conde de Óbidos, da qual largara um dia para a aventura imposta e com quem mantinha, apesar de tudo, a intimidade respeitosa e masoquista que as vítimas reservam aos carrascos reformados. O consultório do dentista localizava-se numa zona de Lisboa incaracterística como uma dieta de hepatite, onde os vendedores de flores pousavam no passeio os cestos das suas primaveras moribundas a difundirem no ar uma atmosfera de velório, lembrando-lhe a noite em que fora jantar perto do Castelo de São Jorge, num restaurante francês em que o preço dos pratos obrigava a consumir as pastilhas para a azia que a suavidade do filet mignon poupava. Eram os santos populares e a cidade vestia-se de uma espécie de carnaval místico-profano idêntico a uma mulher nua a cintilar jóias de vidro: hálitos de marchas borbulhavam nos algerozes, notários funebremente divertidos invadiam Alfama de ademanes de Drácula. O largo do restaurante, suspenso sobre o rio à maneira de um zepelim de casas baixas, torcidas de cólicas como nos quadros de Cézanne, povoava-se de árvores concentrando em si uma imensa quantidade de trevas, sombras que o vento restolhava como trocos na algibeira, moedas de ramos e de folhas grávidas de pássaros que dormiam. Ingleses magros como pontos de exclamação sem veemência desembarcavam de táxis em cujos motores ronronavam vocações de traineiras contrariadas. Entre as malhas do ruído pressentia-se a textura côncava do silêncio, o mesmo que habitava, ameaçador, o receio do escuro herdado dos pânicos da infância, e o psiquiatra, intrigado, procurava a sua origem de janela em janela até encontrar, ao rés-do-chão, uma porta escancarada para uma sala vazia, sem gravuras nem cortinas, mobilada apenas por um esquife coberto por um pano preto, assente sobre dois bancos, e por uma mulher de meia-idade de lágrimas paradas nas bochechas, criatura do Couraçado Potemkine, estátua trágica do desgosto.

Se calhar é isto a vida, pensou o médico saltando um cesto de crisântemos para alcançar o carro afogado em corolas como um cadáver de comendador, um defunto ao centro e o Santo António à volta, o caroço da tristeza rodeado da polpa jovial de sardinhas assadas e foguetório, e achou que a dor de dentes despertava em si as imagens pífias de Modas & Bordados que constituíam o verdadeiro fundo da sua alma: quando estava aflito reapareciam, intactos, o mau gosto, a fé no Senhor dos Passos e o desejo de se marsupializar num regaço qualquer, materiais genuínos que persistiam sob o verniz do desdém. Ligou o motor para se evadir da sua ilha de pétalas meladas, da qual pulou como um golfinho de um lago num soluço de bielas, e desceu para o Martim Moniz espalhando caules, idêntico à Vénus de Botticelli redesenhada por Cesário Verde: o Sentimento Dum Ocidental era um pouco a sua roupa interior, ceroulas de alexandrinos nunca despidas, mesmo para os minutos ardentes de uma relação furtiva.

A avenida Almirante Reis, eternamente cinzenta, pluviosa e triste ao sol de julho, balizada alternadamente por ardinas e inválidos, trotava na direcção do Tejo entre duas gengivas de prédios cariados, como um cavalheiro apertado em sapatos novos para a paragem do eléctrico. Industriais de olho alerta impingiam relógios de contrabando nas esplanadas a que os engraxadores, acocorados em penicos de tábuas, conferiam uma dimensão insólita de creche. Em cafés gigantescos como piscinas vazias desempregados solitários aguardavam o Juízo Derradeiro em frente de galões imemoriais e de torradas terciárias, congelados em atitudes de espera. Salões de cabeleireiro habitados de baratas propunham às donas de casa em mal de imaginação soluções capilares imprevistas, a que retrosarias poeirentas dariam o toque final de soutiens de renda, mosquiteiros torácicos capazes de rejuvenescerem de erecções formidáveis vinte e cinco anos de resignação conjugal. O psiquiatra gostava das pequenas transversais que alimentavam aquele rio majestoso e lento de capelistas suplementares e de sapatarias suburbanas, empurrando para a Baixa um universo de província, pedaços da Póvoa de Santo Adrião à deriva por Lisboa, cervejarias inesperadas alcatifadas de tremoços: respirava melhor longe das grandes lojas, dos caixeiros competentes mais bem vestidos do que ele, dos regicidas a cavalo gesticulando ímpetos de bronze. Em miúdo demorava-se longas horas na carvoaria vizinha da casa dos seus pais, onde um titã enfarruscado fabricava briquetes e ameaçava a mulher de tareias monstruosas, e acontecia-lhe ao almoço suspender o garfo a fim de escutar o eco surdo desses amores enérgicos: se pudesse escolher barricar-se-ia sem dúvida de cómodas quinane e de jarras de rosas de plástico, e, se doente, exigiria que o oxigénio hospitalar se perfumasse a alho.

Na Praça da Figueira, onde a existência próxima das gaivotas se começa a suspeitar pelo desassossego dos pardais, do mesmo modo que a sombra de um sorriso anuncia uma reconciliação iminente, o molar cessara por completo de doer-lhe, domesticado pelas manobras do dentista, que o reduzira à mediocridade do anonimato: naquele profissional da broca havia qualquer coisa de prefeito de colégio, pronto a amaciar à paulada as veleidades dos originais. D. João IV, herói problemático, fitava de órbitas ocas um renque de varandas, escritórios de representações representando o bolor, o tabaco frio e a humidade. Adivinhavam-se autoclismos que não funcionam atrás de cada parede, inválidos do comércio em cada adolescente hirsuto, menopausas desesperadas nas mulheres-polícias. O médico alcançou a rua do Ouro, asséptica de cambistas, direita como as intenções de um cónego virtuoso, e dirigiu-se para o parque de estacionamento junto ao rio, onde, desde sempre, passeara a sua solidão, porque pertencia à classe de pessoas que só sabem sofrer acima dos seus meios. Aí, num banco de ripas, lera Marco Aurélio e Epicteto tardes a fio para conjurar um distante amor perdido. As ondas enroscavam-se-lhe aos pés numa fraternidade canina, e era como se pudesse lavar-se das injustiças do mundo a partir dos tornozelos.

Imobilizou o automóvel ao lado de uma rulote de matrícula alemã, em cuja sujidade se decifravam frémitos de aventura temperados pelo recato doméstico das cortinas de bolinhas, e desceu o vidro para cheirar a água lodosa onde homens e mulheres, enterrados até aos joelhos, enchiam de iscos latas ferrugentas. Os ceifeiros da vazante, disse-se ele, garças que o fascismo criou, aves pernaltas da fome e da miséria. Os versos de Sophia Andresen vieram-lhe à memória num rufar de veias em batalha:

Esta gente cujo rosto
Às vezes luminoso
E outras vezes tosco

Ora me lembra escravos
Ora me lembra reis

Faz renascer meu gosto
De luta e de combate
Contra a serpente e a cobra
O porco e o milhafre

O trânsito trambolhava nas suas costas, empurrado pelas mangas imperiosas dos sinaleiros empoleirados em peanhas de circo, domadores dotados de gestos aéreos de bailarinos. Lojas de pássaros esvoaçavam entre casas de comida e drogarias com molhos de vassouras pendurados do tecto como frutos peludos, e algumas mansardas subiam também, verticalmente, no céu, a golpes de rémiges da roupa que secava de varanda a varanda, asas de camisas desbotando-se contra as bochechas das fachadas. O edifício maciço do Arsenal enverdecia de musgos marinhos, saudoso de impossíveis naufrágios. Mais longe um cemitério estendia a toalha branca dos jazigos semelhantes a dentes de leite sobre uma linha de árvores e de flechas de igreja: as quatro da tarde inchavam nos relógios municipais, cujas badaladas se diriam contemporâneas de Fernão Lopes, tranquilas como as tragédias mortas. Os comboios do Cais do Sodré arrastavam para o Estoril os primeiros jogadores e os últimos turistas, noruegueses de indicador perdido no mapa da cidade, e as ruas e o rio principiavam a confluir na mesma paz de verão, horizontal, que as fábricas do Barreiro coloriam de fumo vermelho operário, antecipação do poente. Um barco de carga subia a barra perseguido por uma coroa de gaivotas vorazes, e o psiquiatra pensou em como as filhas apreciariam estar ali com ele naquele momento, agitando-se numa chuva de perguntas extasiadas. O desejo de as ver misturou-se a pouco e pouco com os corpos dos ceifeiros da margem, que se chamavam em gritos chegados a ele distorcidos ou abafados pela refracção do ar, reduzidos a cintilações de ecos que o vento moldava como véus de sons, com o peso de Lisboa colado às suas costas à maneira de uma corcunda de prédios, e os cães vagabundos a farejarem em vão nas redondezas a mensagem de urina do pequinês ideal. Os minúsculos rostos delas possuíam o doloroso contorno do seu remorso, que aos fins-de-semana tentava em vão subornar de permissibilidade excessiva e de ternura viscosa, rei mago pródigo em chocolates que lhe não exigiam. Saber que à noite não estaria com elas para o beijo do adeus, pesado já da lassidão do sono, que não iria em pontas dos pés afugentar-lhes os pesadelos segredando-lhes ao ouvido as palavras de amor do vocabulário secreto comum ao Pato Donald e à Branca de Neve, que de manhã a sua ausência na cama de casal se transformara num hábito aceite sem surpresa, tornava-o culpado do pavoroso crime de as abandonar. Podia apenas, durante a semana, espreitá--las às ocultas como um espião, ser o José Matias de duas Elisas irremediavelmente perdidas, que prosseguiam trajectos divergentes do seu, pequeninas parcelas do seu sangue que acompanhava, dilacerado, de uma distância cada vez maior. Decerto que a sua deserção as decepcionara e confundira, que esperavam ainda o seu regresso, os passos na escada, os braços abertos, o riso de outrora. A frase do pai rodopiou-lhe em espiral pela cabeça

– A única coisa de que tenho pena é das tuas filhas

carregada da contida emoção com que se adivinhava nele o pudor do afecto que só depois da adolescência aprendera a conhecer e a admirar, e achou-se reles e maligno como um animal doente, reduzido às asfixiantes proporções de um presente sem futuro. Fizera da vida uma camisola de forças em que se lhe tornava impossível mover-se, atado pelas correias do desgosto de si próprio e do isolamento que o impregnava de uma amarga tristeza sem manhãs. Um relógio qualquer bateu a meia das quatro horas: se conduzisse suficientemente depressa chegaria a tempo para a saída da escola, acto

libertador por excelência, vitória do riso sobre a estupidez cansada: algo nele, vindo do mais remoto da memória, teimava em garantir-lhe, contrariando o terrível peso
oficial das tabuadas, que existe um quadro preto em
qualquer parte, quem sabe se no sótão do sótão ou na
cave da cave, a afirmar que dois e dois não são quatro.

Oculto pela arca frigorífica de gelados a ronronar so-
nolências de urso polar contra a montra de uma pastelaria, o psiquiatra, curvado, espiava o portão do colégio
em atitude de pele-vermelha que aguarda, atrás do seu
penedo, a chegada dos batedores brancos. Deixara o fiel
cavalo preto trezentos ou quatrocentos metros acima,
perto da mata de Benfica e das suas rolas obesas, falcões
reciclados pela necessidade de sobrevivência citadina
que obriga o Grande Manitu a disfarçar-se, ele próprio,
de Senhor dos Passos, e viera rastejando de plátano em
plátano, observado com espanto pelos vendedores ambulantes de porta-moedas e de atacadores, irmãos guer-
reiros cuja actividade bélica se resumia a fugas trôpegas
à aproximação da polícia, empurrando adiante de si os
tabuleiros de escalpes das bugigangas inúteis. Agora, ao
abrigo dos Olás de chocolate, perscrutando o horizonte
da rua com pupilas de águia míope, o médico lançava
no ar da pradaria os sinais de fumo de um cigarro ner-
voso que traduzia, sílaba a sílaba, a dimensão da sua ansiedade.

No prédio em frente daquele em que se escondia,
morava entre gatos e fotografias dedicadas de bispos em
voga uma tia velha acolitada pela criada zarolha, venerá-

veis squaws da tribo familiar, visitadas no Natal por ex-
cursões de parentes incrédulos, surpreendidos pelas
suas combativas longevidades. Secretamente o psiquiatra não lhes perdoava o facto de sobreviverem à avó que
amara muito e cuja recordação o enternecia ainda:
quando se achava mais em baixo ia a sua casa, entrava
na sala, informava sem vergonha:

– Venho aqui para me fazer festas.

E pousava-lhe a cabeça no colo para que os dedos
dela, ao tocarem-lhe a nuca, lhe apaziguassem as raivas
sem motivo e o desejo sôfrego de ternura: dos dezasseis
anos para cá as únicas alterações importantes de que se
dava conta consistiam na morte das três ou quatro pessoas que nutriam por ele um afecto constante, à prova
das guinadas dos seus caprichos. O seu egoísmo media
a pulsação do mundo consoante a atenção que recebia:
só tarde demais acordara para os outros, quando a
maior parte lhe havia voltado as costas enfastiados pela
estupidez da sua arrogância e pelo sarcasmo desdenhoso
em que cristalizava a timidez e o medo. Desprovido de
generosidade, de tolerância e de doçura, apenas se preocupava em que se preocupassem consigo, fazendo de si
mesmo o tema único de uma sinfonia monótona. Chegava a perguntar aos amigos como conseguiam existir
longe da sua órbita egocêntrica, de que os romances
e poemas que perpetrava sem os escrever formavam como que um prolongamento narcísico sem conexão com
a vida, arquitectura oca de palavras, design de frases es-
vaziadas de emoção. Espectador extasiado do próprio
sofrimento, projectava reformular o passado quando
não era capaz de lutar pelo presente. Cobarde e vaido-
so, fugia de se olhar nos olhos, de entender a sua realidade de cadáver inútil, e de iniciar a angustiosa aprendizagem de estar vivo.

Cachos de mães da sua idade (facto que continuava
a surpreendê-lo por dificuldade em reconhecer que en-

velhecia) principiavam a agrupar-se ao portão do colégio em agitações de galinhas poedeiras, e o médico pensou em subir ao andar da tia idosa onde, entrincheirado atrás do retrato do Cardeal Patriarca que se parecia com um palhaço rico, lograria observar a saída das aulas de um ângulo fácil de franco-atirador, disparando saudade pelos canos duplos das olheiras. Mas a órbita cega da criada, que o perseguiria implacavelmente de gato em gato e de bispo em bispo, devassando-lhe o interior à luz leitosa das cataratas, obrigou-o a desistir do seu projecto de Oswald: sabia-se demasiado frágil para suportar um interrogatório silencioso contrabalançado pelas manifestações de júbilo das velhas, que teimariam decerto em repetir-lhe pela milionésima vez a história tormentosa do seu nascimento, criança roxa sufocada de secreções ao lado da progenitora com eclampsia. Resignado à trincheira da pastelaria, cuja máquina de café relinchava vapor pelas narinas impacientes de puro-sangue de alumínio, apoiou os cotovelos no icebergue eléctrico da geleira como um esquimó abraçado ao seu igloo, e continuou à espera ao lado de um mendigo sem pernas, pousado numa manta, que estendia dois dedos à altura dos joelhos alheios.

Como em África, pensou ele, exactamente como em África, aguardando a chegada miraculosa do crepúsculo no jango de Marimba, enquanto as nuvens escureciam o Cambo e a Baixa do Cassanje se povoava do eco dos trovões. A chegada do crepúsculo e a do correio que a coluna trazia, as tuas compridas cartas húmidas de amor. Tu doente em Luanda, a miúda longe de ambos, e o soldado que se suicidou em Mangando, deitou-se na camarata, encostou a arma ao queixo, disse Boa noite e havia pedaços de dentes e de osso cravados no zinco do tecto, manchas de sangue, carne, cartilagens, a metade inferior da cara transformada num buraco horrível, agonizou quatro horas em sobressaltos de rã, estendido na marquesa da enfermaria, o cabo segurava o petromax que lançava nas paredes grandes sombras confusas. Mangando e os latidos dos cabíris nas trevas, cães esqueléticos de orelhas de morcego, madrugadas de estrelas desconhecidas, a soba de Dala e os seus gémeos doentes, o povo para a consulta nos degraus do posto a tiritar de paludismo, picadas destruídas pela violência da chuva. Uma ocasião estávamos sentados a seguir ao almoço perto do arame, naquela espécie de lápide funerária com os escudos dos batalhões pintados, e eis que surgiu da estrada da Chiquita um espampanante carro americano coberto de pó com um senhor careca dentro, um civil sozinho, nem pide, nem administrativo, nem caçador, nem brigada da lepra, mas um fotógrafo, um fotógrafo munido dessas máquinas de tripé das praias e das feiras, inverosímil de arcaica, propondo-se tirar o retrato a todos, isolados ou em grupo, presentes para enviar por carta à família, recordações da guerra, sorrisos desbotados do exílio. Não havia comida para bebés em Malanje e a nossa filha tornou a Portugal magra e pálida, com a cor amarelada dos brancos de Angola, ferrugenta de febre, um ano a dormir em cama de bordão de palmeira junto das nossas camas de quartel, estava a fazer uma autópsia ao ar livre por via do cheiro quando me chamaram porque desmaiaras, encontrei-te exausta numa cadeira feita de tábuas de barrica, fechei a porta, acocorei-me a chorar ao pé de ti repetindo Até ao fim do mundo, até ao fim do mundo, até ao fim do mundo, certo da certeza de que nada nos podia separar, como uma onda para a praia na tua direcção vai o meu corpo, exclamou o Neruda e era assim connosco, e é assim comigo só que não sou capaz de to dizer ou digo-to se não estás, digo-to sozinho tonto do amor que te tenho, demais nos ferimos, nos magoámos, nos tentámos matar dentro de cada um, e apesar disso, subterrânea e imensa, a onda continua e como para a praia na tua direcção o trigo do meu corpo se inclina, espigas de dedos que te buscam, tentam tocar-te, se prendem na tua pele com força de unhas, as tuas pernas estreitas apertam-me a cintura, subo a escada, bato ao trinco, entro, o colchão conhece ainda o jeito do meu sono, penduro a roupa na cadeira, como uma onda para a praia como uma onda para a praia como uma onda para a praia na tua direcção vai o meu corpo.

A Teresa, a empregada, surgiu da avenida Grão Vasco onde as folhas das amoreiras transformam o sol numa lâmpada verde de aquário, cintilante de reflexos tamisados, de tal modo que as pessoas dão por vezes a sensação de flutuarem na luz em atitudes sem arestas de peixes, e passou por ele no seu passo lento de vaca sagrada, que o sorriso desprovido de crueldade adoçava. Se a Teresa não me topou ninguém me topa, pensou o médico encostando-se mais ao icebergue até sentir na barriga o contacto liso do esmalte: um pequeno esforço suplementar e atravessaria a parede da geleira, casulo em que as larvas humanas correm o risco de se metamorfosearem em cassata: ser comido à colher num jantar de família afigurou-se-lhe de súbito um destino agradável. O mendigo da manta, que contava os lucros, julgou adivinhar-lhe as intenções:

– Se vais palmar saca também aqui para o chichas. De baunilha que me não fode a úlcera.

Uma senhora que abandonava a pastelaria com um embrulho suspenso de cada dedo considerou apavorada aquele esquisito par de criminosos que tramavam um sinistro roubo de gelados, e afastou-se a correr no sentido da Damaia temendo talvez que a ameaçássemos com pistolas de rebuçado. O mendigo, em quem morava um esteta, considerou-lhe com agrado a vastidão das coxas:

– Pandeiro de primeira.

E autobiográfico:

– Antes do acidente comungava uma todos os domingos. Gajas do Arco do Cego pelo preço da uva mijona que as galdérias agora estão piores que o bacalhau.

Um rebuliço de crianças junto ao portão da escola anunciou ao psiquiatra o fim das aulas: o mendigo remexeu-se, zangado, na sua manta:

– Sacanas dos putos roubam-me mais do que me dão.

E o médico ponderou se essa frase irritada não conteria em si os germes de uma verdade universal, o que o levou a olhar para o seu sócio com um respeito novo: Rembrandt, por exemplo, não acabou muito mais próspero, e não se está livre de encontrar um Pascal no cobrador da água: António Aleixo vendia cautelas, Camões escrevia cartas na rua para os que não sabiam ler, Gomes Leal compunha alexandrinos no papel selado do notário onde trabalhava. Dezenas de prémios Nobel em blue-jeans desafiam a polícia nas manifestações maoístas: nesta época estranha a inteligência parece estúpida e a estupidez inteligente, e torna-se salutar desconfiar de ambas por questão de prudência, tal como, em garoto, o aconselhavam a afastar-se dos senhores excessivamente amáveis que abordam os meninos na cerca dos liceus com um brilho estranho nos óculos.

O passeio enchia-se de alunos pastoreados pelas mães que os enxotavam para casa como os vendedores de perus da Praça da Figueira na véspera do Natal, e o médico pensou com melancolia em como é difícil educar os adultos, tão pouco atentos à importância vital de uma pastilha elástica ou de uma caixa de plasticina, e tão preocupados com a ninharia idiota dos bons modos à mesa, adorando escrever mensagens obscenas no mármore dos urinóis e detestando inofensivos riscos a lápis na parede da sala. O mendigo, que entenderia decerto essas e outras elucubrações, guardava a receita no bolso do colete, a salvo das garras rapaces dos estudantes, e puxava de um atestado de tuberculose para demover a seu favor os contribuintes indecisos.

Nisto avistou as filhas no meio de um grupo de meninas uniformizadas de saia de xadrez, os cabelos loiros e lisos da mais velha, os caracóis castanhos da mais nova, abrindo caminho uma atrás da outra na direcção da Teresa, e os seus intestinos, de repente demasiado grandes para o umbigo, incharam dos cogumelos da ternura. Apetecia-lhe correr para elas, segurar-lhes na mão e partirem os três, como no final do Grand Meaulnes, a caminho de gloriosas aventuras. O futuro em panavision estendia-se-lhe adiante, real e irreal como uma história de fadas atapetada pela voz de Paul Simon:

> We were married on a rainy day
> The sky was yellow
> And the grass was gray
> We signed the papers
> And we drove away
> I do it for your love
>
> The rooms were mustly
> And the pipes were old
> All that winter we shared a cold
> Drank all the orange juice
> That we could hold
> I do it for your love
>
> Found a rug
> In an old junk shop
> And I brought it home to you
> Along the way the colors ran
> The orange bled the blue

The sting of reason
The splash of tears
The northern and the southern
Hemispheres
Love emerges
And it disappears
I do it for your love
I do it for your love

A Teresa colocou na cabeça de cada uma delas um barrete vermelho e branco, e o psiquiatra notou que a mais nova transportava a boneca favorita, criatura de pano de olhos desenhados ao acaso na esfera calva da cara, e cuja boca se descerrava num esgar patético de rã: dormiam juntas na cama e mantinham relações de parentesco complexas que deviam evoluir segundo o humor da garota e das quais me apercebia confusamente por misteriosas frases ocasionais que me compeliam a perpétuos exercícios de imaginação. A mais velha, que se caracterizava por uma visão angustiada da existência, sustentava com as coisas inanimadas o combate de Charlot contra as rodas dentadas da vida, precocemente prometida a uma vitoriosa derrota. Torcido de cólicas de amor o médico tinha a impressão de haver feito a favor delas um seguro de sonho, de que pagava os juros sob a forma dos gases da sua colite e dos projectos paralisados em que enlanguescia: a esperança de que chegassem mais à frente do que ele animava-o do júbilo dos pioneiros, crente de que as filhas aperfeiçoariam a pobre marmita de Papin dos seus desejos, espirrando pelas frinchas artesanais desilusões de fumo. A Teresa despediu-se de uma camarada de armas que aguentava nas canelas a agressão classista de um miúdo em que se esboçava um gestor, e veio vindo com as meninas na direcção da avenida, aquário de prédios trémulos da sombra luminosa das árvores.

The sting of reason
The splash of tears
The northern and the southern
Hemispheres
Love emerges
And it disappears
I do it for your love
I do it for your love

Curvado como o poeta Chiado no seu banco de bronze o médico poderia ter-lhes tocado quando quase roçaram por ele a caminho de casa, de olhos postos num pato de ferro à entrada de uma tabacaria, que por vinte e cinco tostões oscilava e abanava num galope epiléptico. Tossiu de emoção e o mendigo, sarcástico, voltou para ele o crânio hirsuto banhado num riso feroz:
– Dão-te tesão, ó malacueco?
E pela segunda vez nesse dia o psiquiatra teve vontade de se vomitar a si próprio, longamente, até ficar vazio de todo o lastro de merda que tinha.

O médico arrumou o carro numa das ruazitas que saem do Jardim das Amoreiras à laia de patas de um insecto cuja carapaça fosse de relva e árvores, e encaminhou-se para o bar: tinha duas horas desocupadas antes da sessão de análise e pensara que talvez se distraísse de si próprio observando os outros, sobretudo a espécie de outros que se olham ao espelho dentro de copos de uísque, peixes das seis da tarde no seu aquário de álcool, cujo oxigénio é o anidrido carbónico das bolhinhas da água do Castelo. O que é que as pessoas que frequentam os bares, pensava ele, fazem de manhã? E achou que com o aproximar do fim da noite os bebedores se deviam evaporar na atmosfera rarefeita de fumo como o génio da lâmpada de Aladino, até que à chegada de novo crepúsculo recuperavam carne, sorriso e gestos vagarosos de anémona, os tentáculos dos braços estendiam-se para o primeiro copo, a música reprincipiava a tocar, o mundo ingressava nos carris do costume, e grandes pássaros de faiança levantavam voo do céu de fórmica da tristeza.

Os arcos de pedra por cima do jardim possuíam a curva exacta de sobrancelhas espantadas de se acharem ali, junto à confusão de formigueiro anárquico do

Rato, e o psiquiatra teve a sensação de que era como se um rosto de muitos séculos estivesse examinando, surpreso e grave, os baloiços e o escorrega que havia entre as árvores e de que nunca vira nenhuma criança utilizar-se, abandonados como os carrosséis de uma feira defunta: não sabia explicar a razão mas o Jardim das Amoreiras afigurava-se-lhe sempre qualquer coisa de só e de extremamente melancólico, mesmo no verão, e isto desde os anos remotos em que ali ia uma hora por semana receber lições de desenho de um sujeito gordo que morava num segundo andar repleto de miniaturas de plástico de aviões: as inquietações de minha mãe, reflectiu o médico, as eternas inquietações da minha mãe a meu respeito, o seu permanente receio de me ver um dia a recolher trapos e garrafas nos caixotes do lixo, de saco às costas, transformado em industrial da miséria. A mãe acreditava pouco nele como indivíduo crescido e responsável: tomava tudo o que ele fazia como uma espécie de jogo, e mesmo na relativa estabilidade profissional do filho suspeitava a enganadora tranquilidade que antecede os cataclismos. Costumava contar que acompanhara o médico no acto do exame de admissão ao liceu de Camões, e que, ao espreitar pela janela da sala, vira todos os miúdos inclinados para o ponto, compenetrados e atentos, à excepção do psiquiatra, que de queixo no ar, inteiramente alheio, estudava distraído a lâmpada do tecto.

– E por essa amostra percebi logo o que ia ser a vida dele, concluía a mãe com o sorriso triunfalmente modesto dos Bandarras com pontaria.

Para ficar de paz com a sua consciência, no entanto, procurava combater o inelutável solicitando todos os anos ao director do ciclo que colocasse o filho numa carteira da frente, «mesmo diante do professor», a fim de que o médico bebesse à força os eflúvios da decomposição dos polinómios, a classificação dos insectos e outras noções de utilidade indiscutível, em lugar dos versos que escrevia às escondidas nos cadernos dos sumários. O curso do psiquiatra, recheado de peripécias, assumira para ela as proporções de uma guerra tormentosa, em que as promessas a Nossa Senhora de Fátima alternavam com os castigos, os suspiros de dor, as profecias trágicas e as queixas às tias, testemunhas desoladas de tanta infelicidade, que se julgavam sempre pessoalmente atingidas pelo mais insignificante sismo familiar. Agora, olhando a janela do segundo andar do professor de desenho, o médico recordava-se da sua espectacular reprovação na prova prática de anatomia, em que lhe haviam passado para as mãos um frasco limoso com a artéria subclávia dentro, pintada a vermelho por entre um emaranhado de tendões apodrecidos, em como o formol dos cadáveres lhe irritava as pálpebras e como, depois de pesar na balança da cozinha os quatro tomos do Tratado sobre ossos e músculos e articulações e nervos e vasos e órgãos, declarara para si próprio diante daqueles seis quilos e oitocentos de ciência compacta:

– Caralhos me fodam se vou estudar esta merda.

Por essa época penava na composição de um longo poema péssimo inspirado no Pale Fire de Nabokov, e acreditava existir em si a ampla força do Claudel das Grandes Odes temperada pela contenção de T. S. Eliot: a ausência de talento é uma bênção, verificou ele; só que custa a gente habituar-se a isso. E assumida a sua condição de homem comum reduzido aos raros voos de perdiz de uma poesia ocasional, sem a corcunda da imortalidade agarrada às costas, sentia-se livre para sofrer sem originalidade e dispensado de rodear os seus silêncios da muralha da taciturna inteligência que associava ao génio.

O psiquiatra rodeou o Jardim das Amoreiras rente às casas para cheirar o odor do sol nas fachadas, a claridade que a cal bebia como os frutos a luz. Numa parede a que aderiam restos de cartazes como farripas a uma nuca calva, leu escrito a carvão:

O
POVO
LIBERTOU
O
CAMARADA
HENRIQUE
TENREIRO

E a sigla dos anarquistas por baixo, A irónico inserido num círculo. Um cego que se deslocava adiante de si batia com a bengala no passeio num ruído de castanholas indecisas: cidade morta, pensou o médico, cidade morta em urna de azulejos a esperar sem esperança quem não virá mais: cegos, reformados e viúvas, e o Salazar que se Deus quiser não expirou. Havia um doente no hospital dele, alentejano muito sério e muito comedido, o senhor Joaquim, sempre de chapéu mole na cabeça e fato-macaco impecável, que estava em comunicação permanente e directa com o antigo presidente do conselho a quem chamava respeitosamente «o nosso professor» e de quem recebia ordens secretas para a condução dos negócios públicos. Guarda-republicano numa vila perdida da planície agarrou um dia na caçadeira contra os conterrâneos, pretendendo obrigá-los a construir uma prisão de Caxias de acordo com as instruções que o nosso professor lhe segredava ao ouvido. De tempos a tempos o psiquiatra recebia cartas do povoado do senhor Joaquim, assinadas pelo prior ou pelo chefe dos bombeiros, pedindo para não libertarem aquele apavorante emissário de um fantasma. Uma manhã o médico chamou o senhor Joaquim ao gabinete e disse-lhe o que os enfermeiros não tinham coragem de dizer:

– Senhor Joaquim o nosso professor faleceu há mais de três quinze dias. Até deu a fotografia no jornal.

O senhor Joaquim foi à porta assegurar-se de que ninguém os escutava, voltou para dentro, inclinou-se para o psiquiatra e informou-o num sussurro:

– Foi tudo a fingir, senhor doutor. Pôs lá um parecido com ele e a Oposição engoliu o isco: ainda há coisa de um quarto de hora me nomeou ministro das Finanças, já vê. O nosso professor come-lhes as papas na cabeça a todos.

Salazar de um cabrão que nunca mais acabas de morrer, pensou ele na altura, sentado à secretária, defrontando-se com a obstinação do senhor Joaquim: quantos senhores Joaquins dispostos a seguirem de olhos vendados um antigo seminarista trôpego com alma de governanta de abade contando tostões na despensa? No fundo, meditava o médico contornando o Jardim das Amoreiras, o Salazar estoirou mas da barriga dele surgiram centenas de Salazarzinhos dispostos a prolongarem-lhe a obra com o zelo sem imaginação dos discípulos estúpidos, centenas de Salazarzinhos igualmente castrados e perversos, dirigindo jornais, organizando comícios, conspirando nos entrefolhos das Donas Marias deles, berrando no Brasil o elogio do corporativismo. E isto num país onde há tardes assim, perfeitas de cor e luz como um quadro de Matisse, belas da rigorosa beleza do Mosteiro de Alcobaça, num país de tomates pretos que o Estado Novo quis esconder debaixo de saias de batina, ó Mendes Pinto: e com muita Ave Maria e muito pelouro nos fomos a eles e em menos de um Credo os matámos a todos.

Entrou no bar com o espírito de quem penetra em sombra húmida de latada à hora do calor, e antes que as pupilas se habituassem ao semi-escuro do estabelecimento distinguiu apenas, numa bruma de trevas, brilhos vagos de candeeiros e reflexos de garrafas ou de metais, como luzes esparsas de Lisboa vista do mar em noites de nevoeiro. Tropeçou no sentido do balcão por puro instinto, cão míope a caminho do osso que supõe, enquanto a pouco e pouco vultos se formavam, os dentes de um sorriso flutuaram perto, um braço empunhando copo ondulou à sua esquerda, e um mundo de mesas e cadeiras e alguma gente surgiu do nada, ganhou volume e consistência, cercou-o, e era como se o sol lá fora e as árvores e os arcos de pedra do Jardim das Amoreiras estivessem de repente muito longe, perdidos na dimensão irreal do passado.

– Uma cerveja, solicitou o médico olhando em torno: sabia que a mulher costumava frequentar aquele bar e procurava qualquer coisa que a prolongasse nos bancos vazios do mesmo modo que cova de colchão anuncia ausência de corpo, um indício da sua passagem, algo que lhe permitisse reconstruí-la a seu lado em carne viva e sorridente, morna, cúmplice. Um casal de cabeças juntas cochichava-se num canto, um homem gigantesco batia palmadas vigorosas no ombro conformado de um amigo, transformando-lhe as articulações numa papa fraternal.

Com quem virás aqui, perguntou-se o ciúme aceso do psiquiatra, de que conversarás, com quem te deitarás em camas que desconheço, quem te aperta nas mãos o enxuto das ancas? Quem ocupa o lugar que foi o meu, que é ainda o meu em mim, espaço de ternura dos meus beijos, liso convés para o mastro do meu pénis? Quem navega à bolina no teu ventre? O sabor da cerveja recordou-lhe Portimão, o odor de hálito de diabético do mar da Praia da Rocha arrepiado pelo sopro feminino do levante, a primeira vez que fizeram amor, num hotel do Algarve, casados de véspera, trémulos de aflição e de desejo. Eram então muito novos e aprendiam-se mutuamente as veredas do prazer, a tactear, potros recém-nascidos cabeceando sôfregos o bico de uma mama, colados um ao outro no espanto enorme de descobrirem a cor verdadeira da alegria. Quando namorávamos em casa dos teus pais, disse-se o médico, diante das carantonhas feias das máscaras chinesas, eu esperava ouvir os teus passos na escada, o som dos saltos altos nos degraus, e crescia em mim um ímpeto de vento, uma raiva, uma ânsia de vómito ao avesso, a fome de ti que sempre me habitou e me fazia voltar mais cedo do Montijo para nos deitarmos sobre a colcha na pressa de quem pode morrer daqui a nada, me fazia erguer-me em súbitas erecções só de pensar na tua boca, no teu voluptuoso modo de te dares, na curva dos teus ombros em concha, nos teus seios grandes, tenros e suaves, me fazia mastigar e mastigar a tua língua, passear no teu pescoço, entrar em ti num movimento único de espada na bainha, deslumbrado. Nunca topei corpo para mim como o teu, disse-se o médico vertendo a cerveja na caneca, tão à medida das minhas humanas e desumanas medidas, as autênticas e as inventadas que nem por o serem o são menos, nunca topei uma tão grande e boa capacidade de encontro com outra pessoa, de absoluta coincidência, de se ser entendido sem falar e de entender o silêncio e as emoções e os pensamentos alheios, que me foi sempre milagre o termo-nos conhecido na praia onde te conheci, magra, morena, frágil, o teu antiquíssimo perfil sério pousado nos joelhos dobrados, o cigarro que fumavas, a cerveja (igual a esta) no banco à tua ilharga, a tua perpétua atenção de bicho, os muitos anéis de prata dos teus dedos, minha mulher desde sempre e minha única mulher, minha lâmpada para o escuro, retrato dos meus olhos, mar de setembro, meu amor.

E porque é que só sei gostar, perguntou-se examinando as bolhas de gás pegadas à parede do vidro, porque é que só sei dizer que gosto através dos rodriguinhos de perífrases e metáforas e imagens, da preocupação de alindar, de pôr franjas de crochet nos sentimentos, de verter a exaltação e a angústia na cadência pindérica do fado menor, alma a gingar, piegas, à Correia de Oliveira de samarra, se tudo isto é limpo, claro, directo, sem precisão de bonitezas, enxuto como um Giacometti numa sala vazia e tão simplesmente eloquente como ele: depor palavras aos pés de uma escultura equivale às flores inúteis que se entregam aos mortos ou à dança da chuva em torno de um poço cheio: chiça para mim e para o romantismo meloso que me corre nas veias, minha eterna dificuldade em proferir palavras secas e exactas como pedras. Ergueu o queixo, bebeu um gole e deixou o líquido escorrer por ele num vagar de estearina sulfúrica a sacudir-lhe a lassidão dos nervos, zangado consigo mesmo e com os torcidos de Crónica Feminina que se autogravara nos miolos, arquitecto da própria piroseira mau grado o aviso piloto de Van Gogh: tentei exprimir com o vermelho e o verde as terríveis paixões humanas. A brutal singeleza da frase do pintor arrepiou-lhe fisicamente as costelas como lhe acontecia, por exemplo, ao escutar o Requiem de Mozart ou o saxofone de Lester Young em These Foolish Things, correndo ao longo da música à maneira de dedos sábios por nádega adormecida.

Pediu outra cerveja e o telefone ao empregado que explicava ao amigo do sujeito muito grande as razões de queixa que tinha contra a professora de francês do filho, e marcou o número que a rapariga ruiva lhe dera e de que tomara apontamento no pedaço de página rasgado do jornal das missões: a campainha tocou nove ou dez vezes em vão. Desligou e voltou a discar, na hipótese de que tivesse havido erro de agulhas nos cabos da companhia e de que a voz de Marlene Dietrich lhe respondesse agora através dos buraquinhos de baquelite preta, minúscula e nítida como o grilo do Pinóquio. Acabou por estender de volta o telefone ao empregado.

– A tiazinha não está?, perguntou este com o afecto irónico dos capitães dos navios de álcool aparelhando para a longa travessia da noite.

– Pode ser que o congresso das Filhas de Maria se prolongasse, sugeriu o calmeirão que subia a bordo do quarto gin e começara a achar os soalhos inclinados.

– Ou esteja a explicar a circuncisão na aula de catequese, acrescentou o amigo que pertencia à classe dos que não gostam de ficar para trás e tentam aflitivamente acertar o passo pelos restantes.

– Ou se cague em mim, opinou o médico para a garrafa de cerveja por estrear. Uma das vantagens dos bares, pensou, é poder-se conversar com os gargalos sem risco de bronca nem de estrilho: e de repente, no espaço de um segundo, entendeu os bêbedos, não tecnicamente, à custa das explicações de fora para dentro da Psiquiatria, exageradamente certas e por conseguinte erradas, mas uma compreensão de tripas, feita da gana de fugir que em tantas ocasiões era a sua.

O indicador do calmeirão tocou-lhe com inesperada delicadeza no ombro:

– Irmãozinho estamos sós no convés.

– Mas há miúdas do escafandro à espera em Singapura, juntou o amigo para que o pelotão lhe não escapasse.

O calmeirão fitou-o com o desprezo majestático do gin:

– Você charape que a conversa é de homens.

E para o médico, confidencial e fraterno:

– Em a gente saindo daqui vamos à Cova da Onça afogar as misérias no mamalhal.

– Putas, resmungou o amigo, amuado.

A tenaz do matulão apertou-lhe o cotovelo até estalar:

– Menos que a tua mãe meu bardamerdas.

Dirigindo-se às mesas vazias, autoritário:

– Quem falar mal de mulheres à minha frente fode-se.

A cara torcia-se-lhe de fúria ameaçadora procurando alvo a que apontar, mas tirando o casal absorvido no seu canto, num complicado jogo de marradas e apalpões, e os candeeiros palidamente acesos, achávamo-nos sem passageiros na jangada, condenados à companhia uns dos outros como, pensou o psiquiatra, no arame farpado em África: para o fim da comissão já se jogava king com entoações de ódio na garganta, formigueiros de bofetadas nos dedos, a ira pronta a disparar da boca desengatilhada. Porque será que continuamente me recordo do inferno, interrogou-se ele: por de lá não ter escapado ainda ou por o haver substituído por outra qualidade de tortura? Bebeu metade da cerveja como quem toma um remédio desagradável e rasgou em pedacinhos tão pequenos quanto pôde o número de telefone da rapariga ruiva, que a essa hora devia estar a contar ao namorado o que se divertira à custa de um idiota qualquer na sala de espera do dentista: imaginou o riso de ambos e com ele nos ouvidos liquidou o que restava da cerveja até sobrar no copo uma baba de espuma: caracol de centeio fermentado põe os pauzinhos da borracheira ao sol e ajuda-me a boiar porque nadar não sei. E recordou-se de uma história que fazia parte do património familiar, a de um casal amigo da avó, os Fonsecas, em que a mulher robusta tiranizava o marido baixinho: o senhor Fonseca, por exemplo, emitia um som tímido e ela gritava logo – O Fonseca não fala porque o Fonseca é estúpido, o senhor Fonseca ia acender um cigarro e ela grasnava – O Fonseca não fuma, e assim por diante.

Uma tarde a avó servia o chá a um círculo de visitas e ao chegar ao senhor Fonseca perguntou – Senhor Fonseca, verde ou preto? A mulher do senhor Fonseca, atenta como cão de guarda doente da vesícula, regou-gou – O Fonseca não bebe chá; e no silêncio que se seguiu ocorreu um fenómeno espantoso: o senhor Fonseca, até então e durante quarenta anos de ditadura conjugal, manso, obediente e resignado, assentou um murro no braço da cadeira e informou com voz sumida dos testículos desibernados:

– Quero verde, e quero preto.

É o momento, disse-se o médico pagando as garrafas e soltando-se do abraço do calmeirão que atingira entretanto a fase dos amplexos, é o momento de fazer sair dos tomates a porra de um jacto que se veja.

Cá fora escurecia: talvez que nessa noite a mulher viesse àquele bar e nem reparasse nos arcos de pedra do jardim.

Como de costume vou chegar atrasado à sessão de análise, pensou o psiquiatra parado num sinal vermelho a quem atribuía de momento inteira responsabilidade por todos os infortúnios do mundo, os seus à cabeça da lista bem entendido. Estava na faixa lateral da avenida da República, atrás de uma camioneta de carga, e trepidava de impaciência olhando o trânsito que corria perpendicularmente a si, vindo do Campo Pequeno, desconforme mesquita de tijolos, catedral dos cornos. Duas raparigas muito bonitas passaram junto ao carro de conversa uma com a outra, e o médico seguiu-lhes o movimento das omoplatas e das coxas à medida que andavam, a harmonia perfeita, de pássaro em voo, dos gestos, a forma como uma delas afastava o cabelo com a mão: quando eu era mais novo, lembrou-se, tinha a certeza de que nunca nenhuma mulher se interessaria por mim, pelo meu queixo largo, pela minha magreza; encalhava sempre de timidez gaga se me fitavam, a sentir-me corar, lutando contra o desejo violento de desaparecer a galope: aos catorze-quinze anos levaram-me pela primeira vez ao cem da Rua do Mundo, eu nunca tinha estado no Bairro Alto à noite, naquela acumulação de sombras estreitas e de vultos imóveis, e entrei na casa de passe ao mesmo tempo curioso e aterrado, com a vontade de fazer chichi dos exames a embaraçar-me a marcha. Sentei-me numa sala de espelhos e de cadeiras ao lado de uma mulher em combinação que fazia crochet e nem sequer levantou o queixo das agulhas e em frente de um sujeito idoso que aguardava vez de pasta nos joelhos (e distinguia-se na pasta o relevo dos termos de café com leite do almoço) e de repente vi-me multiplicado até à náusea nos espelhos biselados, dezenas de eus aflitos mirando-se uns aos outros em pasmo de pavor: claro que a pila se me reduziu nas cuecas ao tamanho que ficava ao sair do banho de água fria, harmónio de pele engelhada capaz quando muito de mijadela oblíquia, e desapareci corredor fora em trote humilde de cão expulso na direcção da porta onde a patroa, de varizes a sobrarem dos chinelos, discutia com um soldado bêbado que atravessara no umbral a bota coberta de uma geleia de vomitado.

O sinal passou a verde e imediatamente o táxi por trás dele buzinou, imperioso: porque raio é que os choferes de táxi, perguntou-se, são as criaturas mais azedas do mundo? E também homens sem rosto, reduzidos a nuca e ombros plantados como pregos no banco da frente, e ocasionalmente a um par de olhos vazios no quadradinho do retrovisor, órbitas de vidro inexpressivo como os dos bichos das noras. Talvez que circular por Lisboa o dia inteiro atire as pessoas para uma espécie de epilepsia explosiva, talvez que esta cidade dê raiva e nojo a quem por obrigação a percorre em todos os sentidos, talvez que o próprio do indivíduo seja a exaltação assassina em franjas e andemos por aqui, nós os comedidos, a fingir amabilidade que não temos. Mandou caralhadas para o chofer que lhe respondeu com gigantesco manguito como dois escuteiros a fazerem-se sinais de bandeiras, e virou à direita para a João XXI, em cujo início, do lado esquerdo, havia traseiras de prédios fuliginosos de que ele gostava, com as marquises salientes como verrugas de ninhos precários em que se adivinhavam tábuas de passar a ferro e melancolias domésticas. Amigo Cesário, disse o psiquiatra com ternura, vi a semana passada qualquer coisa que te traria à boca alexandrinos de alegria: procurava eu sítio onde jantar e passando rente ao teu busto iluminado na berma de relva estefânica em que o puseram, dei com uma velha de preto sentada no degrau da estátua com uma alcofa aos pés, e compreendi então a diferença que vai de ti ao Eça e que é a mesma que separa o abraço a uma virgem de pedra da vizinhança de uma criatura viva, arrancada à solidez de carne dos teus versos.

Atravessou uma rua de garagens e oficinas imersas na escuridão do trabalho acabado, com o toldo amarelo de um bar de brasileiros na ponta (Os portugueses são estúpidos, informava o aguadeiro galego da história da mãe, vimos para aqui vender-lhes a água deles) e estacionou junto a uma loja de móveis que fazia esquina entre a avenida Óscar Monteiro Torres e a rua Augusto Gil, exibindo cómodas detestáveis e óleos ovais de flores em molduras de talha. Um pastel representando um galgo num fundo de infanta de Velázquez figurava na montra, e o cão parecia sorrir o sorriso sabido que escapa às vezes a um pintor aselha e através do qual a falta de talento troça, sem se dar conta, de si própria. Durante algum tempo examinou estarrecido um lustre fenomenal de alumínio, pensando em como o mau gosto exigia, à sua maneira, considerável dose de imaginação, e desejou experimentar deitar-se numa cama extraída dos pesadelos do Dr. Mabuse em noite de paragem digestiva, a ver que metamorfoses delirantes sofreria o seu corpo, no espanto imenso da criada recém-chegada da província e que seu pai levara a visitar o Jardim Zoológico.

Este é o elefante, explicava o pai, e a criada pasmava a olhar o bicho, a estudar-lhe as patas, a cabeça, a tromba; aqui é o rinoceronte, dizia o pai, aqui o hipopótamo, aqui o gorila, aqui o avestruz, e a criada ia de estupefacção em estupefacção, órbitas redondas, boca aberta, mãos postas, até que chegaram ao recinto da girafa: aí a surpresa da rapariga atingiu o clímax. Durante minutos deslumbrada, contemplou o longo pescoço picado de manchas e a cabeça lá em cima, até que se aproximou do pai do médico e perguntou num sussurro:

– Senhor doutor como se chama este?

– É a girafa, anunciaram-lhe.

A criada mastigou longamente a palavra, observando sempre o animal e murmurou em suspiro de êxtase:

– Girafa... Que nome tão bem posto.

Anoitecera por completo e no escuro de uma porta o psiquiatra distinguiu um grupo de cabo-verdianos de óculos defumados discutindo com ardor, movendo em acenos vastos as mangas claras das camisas. Um deles transportava sob um braço um rádio de pilhas que esguichou de supetão um jorro de música altíssima à maneira de um autoclismo despejando um vómito de fusas em desordem. Havia uma taberna um pouco adiante, com um aparelho de televisão numa prateleira junto ao tecto, e os frequentadores da tasca, de copo em punho, torciam as cabeças em uníssono na direcção do écran que dimanava sobre eles uma luz azulada fluorescente de radioscopia, revelando-lhes o esqueleto dos sorrisos: pelo entusiasmo dialéctico dos cabo-verdianos o médico calculou que teriam robustecido os seus humores vociferantes com o tónico do tinto, cuja presença se pressentia em cada exclamação ou gargalhada. Do rés-do-chão vizinho uma senhora gorda acompanhava a cena, interessadíssima, derramando os seios no peitoril: deve usar o retrato em esmalte do Padre Cruz ao pescoço, apostou o psiquiatra a subir as escadas a caminho da análise, ter um cão roliço chamado Benfica, um filho bancário e uma neta Sónia Marisa com pala de plástico na lente esquerda dos óculos por entortar a vista. Talvez, completou ele tocando a campainha, que seja madrinha de casamento da empregada do dentista e conversem de renda aos domingos à tarde enquanto os cônjuges ouvem o relato de aposta do totobola nos joelhos.

Inventa inventa que o tipo já te casca, advertiu-se a caminho da sala de grupo depois de a porta se abrir num estalo de tampa, seco, do fecho: nos últimos tempos, a seu ver, andava a comer porrada a mais do analista como quando em pequeno o castigavam por faltas que na sua opinião não lhe pertenciam, e crescia nele um grande ressentimento contra o outro que parecia comprazer-se em destruir-lhe uma a uma as balofas (mas necessárias?) arquitecturas das suas quimeras: um gajo anda aqui como boi manso no matadouro, reflectiu o médico, a levar alfinetadas nos guizos de magarefes sádicos, e se aguenta é na única esperança de que depois a carne se lhe torne mais tenra; um gajo anda aqui a aprender a viver ou a ser domesticado, capado, desmiolado, transformado em Sãozinha laica por dois contos e tal ao mês. Que porra de lavagem à cornadura é esta que saio daqui torcido como um velho com reumático, lumbago, ciática, bicos de papagaio e dor de dentes, alma de rafeiro a ganir a caminho de casa, e no entanto volto, volto pontualmente dia sim dia não para receber mais trolha ou uma indiferença total e nenhuma resposta às minhas angústias concretas, nenhuma ideia acerca de como sair deste poço ou pelo menos visionar um nada de ar livre lá em cima, nenhum gesto que me mostre a direcção de uma certa tranquilidade, de uma certa paz, de uma certa harmonia comigo: Freud da puta judia que te pariu vai levar no cu do teu Édipo. Abriu a porta do grupo e em vez de declarar Merda para todos disse Boa tarde e foi sentar-se, disciplinadamente, na única cadeira livre da sala.

O grupo estava completo: cinco mulheres, três homens (com ele) e o grupanalista amesendado no lugar habitual, de olhos fechados, a brincar com o relógio de pulso pousado no braço da poltrona: meu cabrão, pensou o psiquiatra, meu cabrão do caralho uma sessão destas prego-te um pontapé nas partes para verificar se estás vivo e, como se o tivesse entendido, o psicanalista levantou para ele a pálpebra sonâmbula e neutra que se desviou de imediato para um quadro na parede da sala que representava aproximadamente uma paisagem de vila: telhados de várias cores, torre de igreja, céu revolto: pela janela aberta chegava, atenuada, a discussão dos cabo-verdianos na rua e a música do rádio que atingira agora a intensidade de cruzeiro; através das cortinas percebiam-se os contornos dos prédios vizinhos, sinal que a vida prosseguia fora daquele compartimento aparentemente estanque, repositório de aflições concentradas.

Uma das mulheres falava do pai e da sua dificuldade em se aproximar dele, e o médico, que já escutara a descrição dezenas de vezes e a achava especialmente chata e monocórdica, foi-se entretendo a observar as paredes a necessitarem de camada nova de pintura, os cadeirões pretos e brancos semelhantes a pinguins obesos, uma mesa ao canto coberta por toalha vermelha de má qualidade, com um telefone e duas listas esbeiçadas em cima: era aí que o terapeuta colocava os envelopes dos honorários que continham dentro números de 1 a 31 e círculos a esferográfica representando as datas das sessões. Um dos homens, que ele estimava bastante, dormitava de queixo na mão: isto hoje parece o parlamento, pensou o psiquiatra que se sentia por seu turno também invadido por uma espécie muito leve de sono, película de indiferença lassa que lhe perturbava a atenção. A mulher que falava do pai calou-se de repente e uma outra iniciou o longo relato da suspeita de meningite do filho, que afinal não se confirmara após demorada via sacra por Bancos hospitalares e doutores de diagnósticos contraditórios, preocupadíssimos em desmentirem com desdém a opinião do colega anterior: o homem que dormitava acordou, espreguiçando-se e pediu-lhe um cigarro. À sua direita uma rapariga de aspecto órfão chupava pastilhas para as amígdalas dando de quando em quando um pequeno estalo com a língua: possuía os cantos da boca descaídos e amargos como as sobrancelhas das pessoas muito tristes.

Venho aqui há não sei quantos anos, reflectiu o médico observando os companheiros de viagem, a maior parte dos quais haviam começado a navegar em águas de análise antes dele, e ainda não vos conheço bem nem aprendi a conhecer-vos, a entender o que quereis da vida, o que esperais dela. Há alturas em que estou fora daqui e penso em vocês e sinto a vossa falta, e depois pergunto-me o que representam para mim e não sei a resposta porque continuo sem saber a maior parte das respostas e tropeço de pergunta em pergunta como o Galileu antes de descobrir que a Terra se mexia e encontrar nessa explicação a chave das suas interrogativas. E acrescentou: que explicação acharei eu um dia, que Santo Ofício virá a condená-la, e quem me obrigará a largar mão das minhas pequenas conquistas individuais, penosas vitórias de merda sobre a merda de que sou feito? Tirou um cinzeiro rachado da mesa central e acendeu um cigarro para si: o fumo entrou-lhe nos pulmões com a avidez do ar por um balão vazio e inundou-lhe o corpo de uma espécie de entusiasmo calmo:

o psiquiatra visionou o primeiro tabaco clandestino, furtado à mãe, chupado aos onze anos pela janela da casa de banho numa volúpia de grande aventura. Chesterfield: a mãe acendia-os no fim do almoço, junto ao tabuleiro da máquina de café, cercada de filhos e marido, e o médico ficava olhando o fumo que se acumulava em torno do candeeiro de ferro do tecto, formando e desfazendo nuvens estiradas azuis, transparentes e vagarosas como os cirros do verão. O pai batia o cachimbo no cinzeiro de prata com a inscrição O Fumo Voa A Amizade Fica ao centro, uma grande serenidade espalhava-se na sala de jantar, e o psiquiatra tinha a certeza reconfortante de que ninguém entre os que ali se encontravam morreria nunca: dezasseis pares de olhos claros à volta da floreira de prata, unidos pela semelhança das feições e por um breve-longo passado comum.

Alguns membros do grupo perguntaram à rapariga pormenores da doença do filho, e o médico reparou que o analista, na aparência cataléptico, limpava com a unha uma mancha na gravata vermelha e preta, de ramagens: este caralho, pensou ele, além de ser feio veste-se cada vez pior: nem meias de estrelinhas lhe faltam, ei-lo uniformizado a rigor para copo-de-água em pastelaria da avenida Paris, acompanhado pela senhora de gorduras apertadas em cetins ameixa e raposa de coelho com psoríase ao pescoço: no íntimo desejaria que o analista se vestisse segundo os seus próprios padrões de elegância, aliás discutíveis e vagos no que a si se referia: um dos irmãos costumava dizer-lhe que ele, psiquiatra, se assemelhava à fotografia à la minuta de um noivo de província, espantado em jaquetão de riscas mal feitas. Enfarpelo-me como o Coelho Branco da Alice e exijo que aqueles que aprecio ingressem no uniforme do Chapeleiro Louco: talvez que assim possamos todos jogar croquet com a Rainha de Copas, cortar de um só golpe o pescoço ao quotidiano do Quotidiano e saltar a pés juntos para o outro lado do espelho. E logo se advertiu a si próprio: Vossa Majestade não deve rugir tão alto mas, de qualquer modo, como é a luz de uma vela quando está apagada?

O terceiro homem do grupo, que usava óculos e se parecia com o Emílio e os Detectives, explicou que lhe agradaria que a filha morresse para receber mais atenção da mulher, o que provocou murmúrios de indignação diversa na assistência.

– Foda-se foda-se, disse o que dormitava, agitando-se na cadeira.

– A sério, insistia o primeiro. Há instantes em que me dá ganas de me chegar ao berço e despejar lá para dentro uma cafeteira a ferver.

– Credo, disse a da meningite que procurava o lenço na carteira.

Seguiu-se um silêncio que o psiquiatra aproveitou para acender outro cigarro, e o parricida tirou os óculos e sugeriu baixinho:

– Se calhar temos todos vontade de matar as pessoas de quem gostamos.

O grupanalista principiou a dar corda ao relógio e o médico sentiu-se como a Alice na assembleia dos animais presidida pelo Dódó: que estranha mecânica interna rege isto tudo, pensou ele, e que subterrâneo fio condutor une frases desconexas e lhes confere um sentido e uma densidade que me escapam? Estaremos no limiar do silêncio como em certos poemas de Benn, em que as frases adquirem peso insuspeitado e a significação a um tempo misteriosa e óbvia dos sonhos? Ou será que como Alberti sinto esta noite, feridas de morte, as palavras, e me alimento do que nos interstícios delas cintila e pulsa? Quando a carne se transforma em som aonde a carne e aonde o som? E aonde a chave que possibilite descodificar este morse, torná-lo concreto e simples como a fome, ou a vontade de urinar, ou a ânsia de um corpo?

Abriu a boca e disse:

– Tenho saudades da minha mulher.

Uma das raparigas, que não falara ainda, sorriu-lhe com simpatia e isso encorajou-o a continuar:

– Tenho saudades da minha mulher e não sou capaz de o dizer a ela nem a mais ninguém a não ser a você.

– Porquê?, perguntou inesperadamente o grupanalista como se regressasse à socapa de longa travessia pelos gelos de si próprio. A voz dele abria como que um espaço agradável à sua frente, onde apeteceu ao psiquiatra deitar-se.

– Não sei, respondeu rapidamente no medo de que a receptividade que conseguira desaparecesse e se achasse defronte de oito rostos aborrecidos ou hostis. Não sei ou sei, é conforme, acho que me apavora um bocado o amor que os outros têm por mim e eu por eles e receio viver isso até ao fim, inteiramente, entregar-me às coisas e lutar por elas enquanto tiver força, e quando a força se acabar arranjar mais força para prosseguir o combate.

E falou do imenso amor que unira durante quase cinquenta anos o avô e a avó paternos e no modo como os filhos e os netos mais velhos tinham de bater com os pés no chão para avisarem da sua entrada em quarto em que eles estivessem sozinhos. Reviu-os de mão dada à mesa da sala de jantar no decurso dos jantares de família, e na forma como o avô afagava a mulher e lhe chamava minha Velha, e punha nesse chamamento uma funda e quente e indestrutível ternura. Falou da morte do avô e na coragem com que a avó aguentara doença, agonia e morte, a pé firme e de olhos secos, e se percebia o grande sofrimento dela debaixo da sua tranquilidade absoluta, sem pieguices nem lamentos de qualquer espécie, e como seguira, direita e sacudida, a urna do seu homem para o jazigo, recebera com sorriso urbano as condolências do oficial que comandava a escolta do enterro militar do marido e, de regresso a casa, distribuíra pelos filhos os objectos pessoais do pai e organizara imediatamente a vida de tal jeito que tudo se mantivesse como ela e nós sabíamos que o avô quereria, e à hora da refeição ocupou a cabeceira e aceitámos isso como um facto natural e assim ficou sendo até que dezoito anos depois ela morreu por seu turno e quis levar a fotografia que ele lhe dera pelas bodas de prata de casados no caixão. E falou do que o padre disse na missa de corpo presente dela e que foi Perdemos todos uma mãe, e o médico pensou muito nessa frase pronunciada a respeito da avó cuja falta de ternura e cuja dureza o irritavam, e acabou por concordar que era verdade e que em trinta anos da sua vida não soubera dar àquela mulher o valor que realmente ela tinha, e que mais uma vez se enganara a medir as pessoas e agora era tarde, como de costume, para emendar a mão.

– Não se pode passar a limpo o passado mas pode-se viver melhor o presente e o futuro e você tem cagaço disso que se pela, observou a rapariga do sorriso.

– Pelo menos enquanto tiver necessidade de se continuar a punir, acrescentou o analista que estudava intensamente a unha do polegar esquerdo, a que deviam estar coladas, em microfilme, as obras completas de Melanie Klein.

O psiquiatra recostou-se para trás na cadeira e procurou no bolso o terceiro cigarro dessa sessão: será que me castigo assim, meditou, e se o faço porque diabo o faço? e em nome de que nebuloso e, para mim, inatingível pecado? Ou simplesmente faço-o por de mais nada ser capaz e constituir esse o meu peculiar modo de me sentir no mundo, como um alcoólico tem de beber para se certificar que existe ou um marialva tem de fornicar para se assegurar que é homem? E acabamos fatalmente por desembocar na pergunta essencial, que se encontra por detrás de todas as outras quando todas as outras se afastam ou foram afastadas e que é, se me permitem, Quem Sou Eu? Interrogo-me e a resposta consiste, obcecantemente, invariavelmente, assim: Uma Merda.

– Porque é que você se detesta, perguntou o parricida.

– Talvez pela mesma razão que levava o tio José a entrar a cavalo pela cozinha do meu avô, respondeu o médico.

E contou que o tio José, que ele não chegara a conhecer, passava meses em completa imobilidade sentado a uma janela, sem falar com ninguém, até que de repente se erguia, punha um cravo no fraque, montava a égua e iniciava um período de actividade febril de negócios e cabarés, no intervalo dos quais entrava a trote, quixotesco de decrépita alegria, nas copas de sobrinhos e amigos.

– Nem o tio José sabia porque cavalgava entre tachos e gritos de cozinheiras indignadas nem eu porque me não gramo, disse o psiquiatra.

E acrescentou baixinho, no tom de quem completa um qualquer percurso interior:

– O meu bisavô matou-se com duas pistolas ao descobrir que tinha um cancro.

– Você não é o seu bisavô, explicou o analista coçando o cotovelo, e esse seu Guermantes é apenas um Guermantes.

– Vive no meio dos mortos para não viver no meio dos vivos, disse a rapariga dos problemas com o pai. Parece uma voz off a falar de um álbum de retratos.

– Porque não olha para nós que respiramos?, questionou o parricida.

– E para si como um que respira, sugeriu a do sorriso. Você é como os miúdos na cama, com medo do escuro, a puxarem os cobertores para cima da cabeça.

– Que catrino leva estes caretas a caírem-me em cima à uma?, disse-se o médico.

– Os matulões a arriarem no ceguinho inválido, queixou-se ele com o sorriso que pôde.

– Antes que o ceguinho inválido, que não é ceguinho nem inválido, tente enrolar os matulões e enrolar-se a si próprio para continuar a ter vantagem em ser ceguinho e inválido, respondeu a melancólica das anginas, muito lesta. A gente não embarca no canto de sereia da sua auto-piedade, e se você gosta de levar no cu da alma é consigo mas não nos obrigue a assistir ao espectáculo.

Fez-se um silêncio grande preenchido pelo ruído abafado do trânsito lá em baixo, trânsito nocturno, oblíquo deslizar de gato pela cidade iluminada: dentro de minutos estarei sozinho no néon, pensou o psiquiatra, a puxar pela mona para escolher restaurante onde jantar; e cada um destes sacanas tem alguém à espera: esta última constatação fez subir dentro dele uma raiva enorme contra os outros, que se defendiam melhor do polvo gelatinoso da depressão.

– Cantar de galo de poleiro é fácil, berrou à roda acompanhando o grito de obscenidades a duas mãos.

– Um quer matar a filha, o outro manda-nos àquela parte, protestou a rir uma das raparigas. Vocês são uns pontos do caneco a inventar angústias de papelão.

– Bichanos de telhado que em vez de cio miam ameaços de tristeza, aperfeiçoou a da meningite.

O analista assoou-se com estrépito e guardou o lenço em bola, sem o dobrar, no bolso das calças: dir-se-ia assistir à conversa numa indiferença absoluta, entregue à passividade de ruminações vegetais: o íntimo desse homem gordo, ainda novo, constituía para o psiquiatra enigma completo, embora há anos se encontrassem três vezes por semana naquela sala tão descuidada como o aspecto do dono, com reposteiro de sacristia à entrada e tecto castanho de inumeráveis cigarros, onde muito da sua vida se jogava. Disfarçadamente olhou o relógio do homem dos sonos ao seu lado: mais uns minutos e o analista apoiaria os dedos nos braços da cadeira e levantar-se-ia a dar por finda a sessão: descer as escadas, sair para a rua, recomeçar: subir o poço a pulso até à paisagem de ervas de cá de fora, torcer a roupa molhada, partir: como quando cheguei de África e não sabia o que fazer, e me achava em corredor muito comprido e sem nenhuma porta, e tinha uma filha e mulher grávida e um vasto cansaço nos ossos chocalhados por demasias de picadas. Reviu mentalmente o túmulo do Zé do Telhado em Dala e a casa com tecto de capim do senhor Gaspar no meio das árvores altas em que pulava um enorme macaco domesticado, de focinho branco, preso por uma trela a um poste de ferro, reviu a morte do cabo Pereira no incêndio do unimogue e o fantástico das queimadas noite fora: desde que me levaram a Pádua a fazer a primeira comunhão, pensou o médico, já andei um bom bocado.

– Desculpe aquilo das angústias de papelão, disse a rapariga que momentos antes se tinha rido dele. Eu sei que você anda à brocha.

O psiquiatra tocou de raspão no braço dela enquanto o grupanalista iniciava o acto de se levantar, e lançou-lhe um soslaio de Calvário:

– Minha filha, garantiu ele, hoje mesmo estarás comigo no Paraíso.

Sozinho na noite da rua Augusto Gil, sentado no carro de motor desligado e luzes apagadas, o psiquiatra apoiou as mãos no volante e começou a chorar: fazia os possíveis para não emitir nenhum som, de modo que os ombros se lhe sacudiam como os das actrizes do cinema mudo, escondendo os caracóis e as lágrimas no abraço de um avô de barbas: Porra porra porra porra porra, dizia ele no interior de si mesmo, porque não achava dentro de mim outras palavras que não fossem essas, espécie de débil protesto contra a tristeza cerrada que me enchia. Sentia-me muito indefeso e muito só e sem vontade, agora, de chamar por ninguém porque (sabia-o) há travessias que só se podem efectuar sozinho, sem ajudas, ainda que correndo riscos de ir a pique numa dessas madrugadas de insónia que nos tornam Pedro e Inês em cripta de Alcobaça, jacentes de pedra até ao fim do mundo. E lembrei-me de uma pessoa me contar que em miúda a mãe a levava a fazer visitas numa época em que as criaturas se relacionavam umas com as outras em bicos de pés de delicadezas excessivas; e então ela entrava em casas hirtas povoadas de grandes relógios e de pianos com castiçais onde a música se inclina a tremer na direcção do vento, escutava os lamentos das senhoras afogadas pelo damasco dos reposteiros e os suspiros dos mortos nos retratos da parede, e pensava: Como esta casa deve ser triste às três horas da tarde. De forma que anos e anos volvidos vertia álcool das farmácias nas jarras das flores para o beber às ocultas e conseguir desse jeito um meio-dia perpétuo.

A noite das ruas e das praças, nessa sexta-feira, aparentava-se para o médico às noites de infância quando, deitado, escutava, vindos do escritório, os tais duetos de ópera que lhe chegavam à cama sob a forma de discussões apavorantes, o pai-tenor e a mãe-soprano a insultarem-se aos gritos num fundo tétrico de orquestra que o escuro ampliava até um deles enforcar o outro no nó corredio de um dó sustenido, a que se seguia o terrível silêncio das tragédias consumadas: alguém jazia na carpete numa poça de colcheias, assassinado a golpes de bemóis, e maestros gatos-pingados, vestidos de preto, subiriam em breve a escada carregando um caixão que se assemelhava a um estojo de contrabaixo, com o crucifixo de duas batutas cruzadas no tampo. As criadas de crista e de avental engomado entoavam o Coro dos Caçadores com sotaque da Beira, na sala de jantar. O padre, vestido de D. José, surgia num remoinho espanhol de Filhas de Maria. E o pastor-alemão da fábrica de curtumes lançava nas terras os uivos do cão dos Baskerville revisto por Saint-Saëns.

Na noite de Lisboa tem-se a impressão de se morar num romance de Eugene Süe com página para o Tejo, em que a rua Barão de Sabrosa é a fitinha desbotada de marcar o lugar de leitura, apesar dos telhados onde florescem plantações de antenas de televisão idênticas a arbustos de Miró. O psiquiatra, que nunca usava lenço, limpou ranho e lágrimas com o pano verde com que costumava apagar do vidro do carro o seu bafo morno de vaca de presépio, acendeu as luzes (o mostrador iluminado afigurava-se-lhe sempre uma vila alentejana em festa observada de longe) e ligou o motor do pequeno automóvel cujo trabalhar se lhe transmitia ao corpo como se ele fosse também uma peça daquela engrenagem macia que vibrava. Num vão de porta mesmo ao pé de si uma rapariga nova beijava na boca um cavalheiro calvo: os rins dela possuíam a harmonia sensual de certos desenhos rápidos de Stuart, e o médico invejou intensamente o homenzinho feio que a afagava, rebolando olhos protuberantes de goraz cozido: o carro americano amarelo de vidros verdes estacionado pertencia-lhe sem dúvida: o esqueleto de plástico dependurado do espelho retrovisor situava-se no mesmo comprimento de onda do anel que usava no dedo mínimo, com uma libra em ouro segura por três dentinhos de prata. Se eu casasse com a filha da minha lavadeira talvez fosse feliz, recitou o psiquiatra em voz alta, olhando o sujeito que emitia pela boca aberta os ruídos de fervura com que as pessoas de dentaduras postiças bebem o café demasiado quente: Quando eu tiver a idade dele comerei beijos como quem come sopa, e palitarei as gengivas no fim para extrair dos molares restos incómodos de ternura; e talvez uma rapariga como esta se interesse pela minha graça de menir.

Oh darkness darkness darkness: noite informe aqui, escorrendo líquida das casas, nascida ao rés-do-chão, do asfalto, dos lagos, dos buxos, do silêncio imóvel do rio, das arcas e cómodas dos corredores das casas antigas, repletas da roupa dos mortos: o médico alcançou a Defensores de Chaves e foi conduzindo devagar na esperança insensata de que o tempo rodasse muito depressa e três quarteirões adiante se encontrasse, quarentão e feliz, numa vivenda no Estoril, rodeado de galgos com pedigree, boas encadernações e filhos louros, porque o que sabia à frente de si era uma tristeza inquieta, agitada, de que não descortinava o termo, se o houvesse. Normalmente costumava combater esses estados dormindo de hotel em hotel (do Rex para o Impala, do Impala para o Penta, do Penta para o Impala) e sofrendo de manhã o impacto esquisito de acordar em quarto impessoal e estranho, aproximar-se da janela e ver lá em baixo a cidade do costume, o trânsito do costume, a gente do costume, e eu virado apátrida na minha terra, a lavar os sovacos com uma amostra de sabonete Feno de Portugal, oferta da gerência, e a deixar as chaves na recepção numa falsa desenvoltura de férias.

O psiquiatra rodeou a praça José Fontana, onde pela primeira vez, vindo do liceu, vira dois cães em acto de amor perseguidos pela notável ira puritana da vendedora de castanhas que no verão tripulava um triciclo de gelados, exibindo desse modo a invejável maleabilidade dos políticos nacionais; durante sete anos atravessara diariamente as árvores desse jardim povoado em doses equitativas de reformados e de crianças, com o urinol subterrâneo debaixo do coreto guardado por um cérbero camarário, a curtir desde a aurora os vapores oscilantes de uma bebedeira crónica: o médico imaginava-o sempre secretamente casado com a mulher das castanhas-gelados, a quem se unia num ruído de ventosa à aproximação do crepúsculo, misturando os arrotos do álcool com o hálito polar da baunilha, na câmara nupcial das retretes decoradas por desenhos explicativos, tal como os cartazes dos postos de socorros elucidam as peripécias da respiração boca a boca. Um homossexual idoso, de bochechas maquilhadas, passeava-se entre os bancos observando os alunos com olhares de rebuçado peganhento. E um senhor digno, de pasta, instalado junto ao chafariz, negociava fotografias pornográficas com o espírito missionário de quem impinge, às portas das igrejas, pagelas de santinhos aos meninos da primeira comunhão.

Ao chegar à Duque de Loulé os anúncios luminosos dos restaurantes chineses, caracteres cuneiformes culinários para uso dos parolos, fizeram-no hesitar, indeciso, tentado pelos nomes exóticos dos pratos, mas pensou imediatamente que jantar sem companhia o faria sentir-se ainda mais só, a equilibrar-se sem sombrinha no arame da sua aflição perante um público indiferente, de forma que deixou o carro mais abaixo, quase encostado a uma cabine telefónica igual àquela cujo retrato vira semanas atrás numa revista, atulhada de corpos sorridentes, com a legenda: Novo Record Do Mundo: Trinta E Seis Estudantes Ingleses Numa Cabine Telefónica. O auscultador pousado no descanso deu-lhe gana de ligar para a mulher (Amo-te, nunca deixei de te amar, vamos lutar juntos por nós) e por isso afastou-se quase a galope e embarafustou pelas escadas do Noite e Dia a caminho do snack-bar da cave, antecipando-se ao porteiro, que se parecia com o seu professor da quarta classe, no acto de empurrar a porta de vidro da entrada.

Nas manjedouras de balcão corrido estabelecia-se uma espécie de solidariedade de Última Ceia que ajudava o psiquiatra a manter-se de pé por dentro, como se o cotovelo da esquerda e o cotovelo da direita funcionassem como talas que aguentavam unidos os ossos estilhaçados do seu desespero e os impediam de se espalhar no chão como peças de mikado. Instalou-se entre um rapazinho sério precocemente vestido de bibliotecário triste e um casal em crise encrespado de silencioso ódio conjugal, fumando com raiva de olhos fixos num horizonte de divórcio litigioso, pediu ao empregado um bife rápido e um copo com água, e ficou-se a observar os comensais fronteiros, na maior parte raparigas que alternavam num cabaré próximo, imóveis sobre os seus cafés como padres em eucaristias petrificadas. As mãos delas, de enormes unhas vermelhas, seguravam cigarros americanos de contrabando com cujo fumo incensavam ritualmente as chávenas, e o médico entreteve-se a descobrir nos seus rostos, sob a pintura de má qualidade e as expressões postiças aprendidas nos filmes do Eden, as rugas que as infâncias de privação imprimem para sempre nos cantos das bocas e nos ângulos das pálpebras, hieróglifos indeléveis da miséria. Em solteiro frequentava às vezes os bares de prostitutas localizados nas franjas do Bairro Alto, em becos corcundas escuros como órbitas vazadas, para as ouvir inventar comoventes adolescências virtuosas à Corin Tellado, diante de cervejas mornas e de futuros de naufrágio próximos, sem sobreviventes: Capitalismo do caralho, pensou ele, que nem destas desgraçadas te esqueceste; morramos nós e viva o cabrão do sistema, mais as guerras mundiais com que resolves as tuas crises de agonia: baixe-se a taxa de desemprego à custa de milhões de vítimas, baralhem-se as cartas e recomece-se o jogo, já que, como rima o outro, afinal o que importa não é haver gente com fome porque assim como assim ainda há muita gente que come. Acontecia-lhe acompanhá-las de táxi aos quartos sem elevador onde moravam, e espantava-se dos móveis de caixotes, dos retratos em molduras de arame e das malas de roupa de cartão, forradas de papel azul com estrelinhas como o interior dos envelopes: estas tipas, surpreendia-se o psiquiatra, conservam intactos os gostos e as preferências das criadas de província que porventura terão sido, apesar do rímel de drogaria e dos perfumes tipo insecticida com que se disfarçam; subsiste nelas uma autenticidade atávica que me transcende, a mim educado entre missas do sétimo dia e boas maneiras, e quando limpam a fronha no lavatório de esmalte e se deitam na cama para dormir, a lâmpada do tecto, pendurada do fio, sem abajur, à maneira de um globo ocular desorbitado, assemelha-se ao candeeiro da Guernica aclarando uma paisagem devastada. E eu estou aqui em pecado mortal como quem comunga sem se ter confessado.

Mastigando o bife, de queixo no prato, o médico sentia a tensão do casal à sua esquerda aproximar-se do estado gasoso de uma discussão furibunda, preia-mar varrendo da areia do passado os detritos das recordações agradáveis, as dificuldades aguentadas em comum, as doenças dos filhos espiadas num sobressalto de desvelos. O homem triturava as chaves do automóvel, de narinas muito abertas, amassando-as nas mãos que tremiam, a mulher, de sorriso de desafio reteso nos lábios, batia a colher do café no copo de cerveja em ritmo de tambor militar: o seu perfil, contraído como o de gato que prepara o salto, aparentava-se ao das carrancas dos chafarizes plasmadas em cóleras de pedra. O menino-bibliotecário, do outro lado, explicava à senhora gorda que o acompanhava o enredo de O Primo Basílio, com a digna auto-suficiência dos fortemente estúpidos: adivinhava-se nele o juiz do Supremo ou o presidente de assembleia geral de clube desportivo debitando com ar profundo inanidades pomposas, e o psiquiatra teve pela criatura o fluxo de pena sincera que dedicava aos que não se apercebiam da existência dos outros, muralhados de irremediável imbecilidade. Dois estrangeiros desceram as escadas e instalaram-se junto das raparigas do cabaré, que começaram imediatamente a agitar-se à laia de perdigueiros na vizinhança da caça: uma loira de seios grandes cobertos por uma camisola muito justa sorriu-lhes com descaro e o médico sentiu distender-se nas calças uma erecção fraternal, enquanto os estrangeiros se consultavam em cochichos um ao outro sobre a estratégia a seguir: via-se claramente que balançavam entre o embaraço e o desejo, divididos. A loira retirou uma boquilha de meio metro da carteira e pediu lume a um deles, mirando-o sem desfitar: o peito cresceu na camisola apertada à maneira de uma pomba com cio, e o estrangeiro recuou o tronco assustado por aquela planta carnívora que o ameaçava; vasculhando nos bolsos acabou por encontrar uma caixa de fósforos reclame de uma companhia de aviação; uma chama aflita ondulou: ainda agora chegaste meu sacrista, pensou o médico iniciando a mousse e observando o rosto atónito do estrangeiro, ainda agora chegaste e já te vais vir como nunca sonhaste que te pudesses vir na puta da vida, como nunca te vieste nos coitos assépticos onde tens fraldicado. E lembrou-se do momento exacto antes da ejaculação, quando o corpo, transformado numa vaga que sobe em sucessivos roldões de prazer, cada vez mais forte, mais pesada, mais densa, estoira de súbito numa explosão de espuma do tamanho do mundo, em que pedaços nossos voam independentes de nós para cada canto do lençol, e adormecemos liquefeitos, numa moleza sem cor, náufragos jubilosos da ternura. Veio-lhe à ideia um fim-de-semana que passara com a mulher, já depois de separados, numa pequena estalagem do Guincho, alapada na escarpa contra o vento, as gaivotas e as bofetadas de areia na noite, e do quarto que ocuparam cara a cara com o mar, com uma varanda estreita como que planando acima da água. Aí, estendidos lado a lado no colchão, tinham-se amado com o maravilhamento de se redescobrirem, poro após poro, em cada carícia, em cada longo beijo, em cada viagem de amor: e mais uma vez fora ele que não tivera a coragem de continuar, que desistira, aterrado, de combater pelos dois. Escuta, articulou o psiquiatra dentro de si, rapando a taça de mousse, escuta: existes tão fundo em mim, com tão numerosas, e musculadas, e violentas raízes que nada, nem eu mesmo, as poderá jamais cortar; e quando eu conseguir vencer a minha cobardia, o meu egoísmo, esta lama de merda que me impede de dar-te e de me dar, quando conseguir isso, quando conseguir de facto isso, voltarei.

A loira e um dos estrangeiros saíram de mão dada para a Duque de Loulé, enquanto o outro era por seu turno assediado por uma morena pequenina e magrinha com aspecto de mosca do vinagre, a exprimir-se em largos gestos de comédia dell'arte frenética. O casal desavindo retirou-se a bufar os seus rancores: deslocavam-se com cuidados de andor de procissão, de forma a não verterem nem uma gota da sua raiva mútua. A mãe (ou esposa?) do menino-bibliotecário pediu a conta. Os empregados conversavam com o cozinheiro ao pé da máquina do café. O último a sair apaga a luz, pensou o médico lembrando-se do seu receio infantil do escuro. Se me não ponho a milhas lixo-me: não fica aqui mais ninguém senão eu.

Todas as noites, aproximadamente àquela hora, o psiquiatra fazia o percurso da auto-estrada e da Marginal para voltar ao pequeno apartamento desmobilado onde ninguém o esperava, empoleirado no Monte Estoril num prédio excessivamente luxuoso para a sua timidez. A secretária do porteiro, no átrio enorme de vidro e de metal, com um lago, plantas de Jardim Botânico e vários desníveis de pedra, possuía um painel de botões através dos quais uma voz sem corpo de Juízo Final ecoava nos diversos andares os seus mandamentos domésticos, com sonoridades divinas de balde roto ou de garagem à noite. O senhor Ferreira, dono dessa voz tremenda, habitava nos baixos do edifício protegido por uma porta estilo cofre-forte que o arquitecto devia ter achado adequada àquele cenário de bunker pretensioso: provavelmente fora ele quem pintara o inesquecível galgo da loja de móveis, ou concebera o imaginoso lustre de alumínio: essas três elucubrações notáveis possuíam uma centelha de génio comum. Não menos notável, aliás, era a sala de estar do senhor Ferreira, de que o médico se servia às vezes para chamadas telefónicas urgentes, e onde figurava, entre outras maravilhas de menor monta (um estudante de Coimbra de loiça a tocar guitarra, um busto do papa Pio XII de olhos maquilhados, um burro de baquelite com flores de plástico nos alforges) uma grande tapeçaria de parede representando um casal de tigres com o ar bonacheirão das vacas dos triângulos de queijo, a almoçarem numa repugnância de vegetarianos uma gazela semelhante a um coelho magrinho, fitando um horizonte de azinheiras na esperança lânguida de um milagre. O médico quedava-se sempre de auscultador em punho, esquecido da chamada, a examinar estupefacto tão abracadabrante realização. A mulher do senhor Ferreira, que nutria por ele a simpatia instintiva que despertam os órfãos, saía da cozinha a enxugar as mãos ao avental:

– Muito gosta o senhor doutor dos tigrezinhos.

E postava-se ao lado do psiquiatra, de cabeça à banda, a contemplar orgulhosamente os seus bichos, até o senhor Ferreira surgir por seu turno e debitar, na célebre voz divina, a frase que resumia para ele o clímax da admiração artística:

– Esses sacanas até parece que falam.

E de facto o médico aguardava a qualquer instante que um dos animais voltasse para ele os olhos de retrós para murmurar Ai Jesus num gemido de aflição.

Conduzindo o automóvel pela auto-estrada fora, atento aos volumes de sombra que os faróis sucessivamente descobriam e devoravam, árvores arrancadas do escuro numa irrealidade trágica, arbustos emaranhados, a faixa sinuosa e trémula do pavimento, o psiquiatra pensou que, exceptuando a tapeçaria do senhor Ferreira, o Estoril e ele não possuíam mais nada que os aproximasse: nascera numa maternidade de pobres e crescera e vivera sempre, até sair de casa meses antes, num bairro de pobres sem luxo de vivendas com piscina e de hotéis internacionais. A cervejaria Estrela Brilhante era a sua pastelaria Garrett, com os bolos substituídos por pipis e tremoços, e as senhoras da Cruz Vermelha por condutores da Carris, que ao tirarem os bonés de pala para limpar a testa com o lenço davam a impressão de ficar nus. No andar de baixo dos seus pais morava a Maria Feijoca, proprietária da carvoaria, e na casa a seguir a Dona Maria José que negociava contrabandos obscuros. Conhecia os comerciantes pelo nome e os vizinhos pelas alcunhas, e as suas avós saudavam as vendedoras da praça em cumprimentos de castelãs. O Florentino, moço de fretes lendário perpetuamente bêbado, cujos fatos rasgados se lhe agitavam em torno do corpo como penas soltas, advertia-o sempre que o topava numa familiaridade decuplicada pelo tinto O seu paizinho é íntimo amigo meu, acenando-lhe da taberna da rua do cemitério, de que o letreiro Na Volta Cá Os Espero conferia à morte a importância subalterna de um pretexto: a Agência Martelo (Para Que Teima Vossa Excelência Em Viver Se Por Quinhentos Escudos Pode Ter Um Lindo Funeral?) exibia as urnas e as mãozinhas de cera logo acima, estrategicamente a meio caminho entre a campa e o copo. O médico sentia uma imensa ternura pela Benfica da sua infância transformada em Póvoa de Santo Adrião por via da cupidez dos construtores, a ternura que se dedica a um amigo velho desfigurado por múltiplas cicatrizes e em cujo rosto se procuram em vão os traços cúmplices de outrora. Quando deitarem abaixo o prédio do Pires, disse ele pensando no enorme e antigo edifício diante da casa dos pais, por que norte magnético me orientarei, eu que tão poucos pontos de referência conservo já e tanta dificuldade possuo em me fabricar novos? E imaginou-se à deriva na cidade, sem bússola, perdido num labirinto de travessas, porque o Estoril permaneceria para sempre uma ilha estrangeira a que se achava incapaz de se adaptar, longe dos ruídos e dos cheiros da sua floresta natal. Do apartamento avistava-se Lisboa, e olhando a mancha espraiada da cidade ele sentia-a ao mesmo tempo afastada e próxima, dolorosamente afastada e próxima como as filhas, a mulher, e o sótão de tecto oblíquo em que moravam (o Pátio das Cantigas, chamava-lhe ela), pejado de gravuras, de livros, e de brinquedos desarrumados de crianças.

Desembocou em Caxias com as ondas a pularem sobre a muralha em cortinas verticais. Não havia lua e o rio confundia-se com o mar no espaço negro à sua esquerda, gigantesco poço deserto de luzes de navios: os candeeiros vermelhos do Mónaco assemelhavam-se, atrás dos vidros húmidos do restaurante, a fanais anémicos na tempestade: jantei aqui quando me casei, pensou o psiquiatra, e nunca mais houve um jantar miraculoso assim: até da carne assada subia um gosto de surpresa; no fim do café descobri que não era necessário, pela primeira vez, levar-te a casa, e isso disparou-me nas tripas uma alegria formidável, como se tivesse começado, a partir de então, a minha vida de homem, aberta apesar da iminência da guerra numa vigorosa perspectiva de esperança. Lembrou-se do automóvel que a avó lhes emprestara para a lua-de-mel e que fora o último carro do marido e do seu trabalhar ronceiro de berço, lembrou-se da impressão esquisita da aliança no dedo, do fato que estreara nessa tarde e do seu cuidado patético com os vincos. Amo-te, repetia ele em voz alta agarrado ao volante como a um leme quebrado, amo-te amo-te amo-te amo-te amo-te, amo o teu corpo, as tuas pernas, as tuas mãos, os teus olhos patéticos de bicho: e era como um cego continuando a conversar com uma pessoa que saiu pé ante pé da sala, um cego aos berros para uma cadeira vazia, tacteando o ar, palpando com as narinas um odor que se evaporava.

Se vou agora para casa fodo-me, disse ele, não me acho em condições de enfrentar o espelho do quarto de banho e aquele silêncio todo à minha espera, a cama fechada sobre si própria à maneira de um mexilhão pegajoso. E recordou-se da garrafa de aguardente da cozinha e que podia sempre sentar-se no banco de madeira da varanda, de copo na mão, a ver o modo como os prédios desciam de cambulhada para a praia, arrastando os seus terraços, as suas árvores, os seus jardins torturados: acontecia-lhe adormecer ao relento, de cabeça encostada ao estore, com um barco que saía da barra a viajar-lhe dentro das pálpebras cansadas, e lograr desse jeito alguma espécie de sossego, até que um indício de claridade roxa, misturada com pardais, o despertasse obrigando-o a tropeçar na direcção do colchão à laia de criança sonâmbula para o seu chichi nocturno. E ao banco da varanda aderiam excrementos solidificados de pássaros, que arrancava com as unhas e sabiam ao cré da infância, devorado às ocultas no decurso das breves ausências da cozinheira, ditadora absoluta daquele principado de caçarolas.

Havia poucos carros no percurso e o psiquiatra guiava devagar, do lado direito da faixa, colado ao passeio, desde que numa manhã da semana anterior uma gaivota tresmalhada batera contra o pára-brisas num ruído fofo de penas, e o médico a vira, já nas suas costas, a estremecer no asfalto a agonia das asas. O automóvel que o seguia parara junto ao bicho, e ele, afastando-se, notara pelo espelho que o condutor se apeara, dirigindo-se ao montinho branco nítido no alcatrão, a diminuir na distância crescente. Uma onda de culpabilidade e de vergonha que não conseguia explicar (culpabilidade de quê? vergonha de quê?) inchou-lhe do estômago para a boca num refluxo de azia, e veio-lhe à ideia, sem motivo aparente, uma severa frase de Tchekov: «aos homens oferece-lhes homens, não te ofereças a ti mesmo»; na sequência o psiquiatra recordou-se de A Gaivota e da profunda impressão que a leitura da peça lhe causara, dos personagens aparentemente suaves à deriva num cenário aparentemente suave e divertido (Tchekov considerava-se sinceramente um autor de comédia) mas carregado da pavorosa angústia da vida que só talvez Fitzgerald soube mais tarde reencontrar e que surge, a espaços, no saxofone de Charlie Parker, a crucificar-nos de súbito num solo desesperado que resume toda a inocência e todo o sofrimento do mundo no sopro lancinante de uma nota. Então o médico pensou: Aquela gaivota sou eu e quem foge de eu é eu também. E não tenho nem a coragem necessária de voltar atrás e ajudar-me.

Na subida descida do Estoril, ao cruzar o volume cinzento do Forte Velho com o seu enorme e horroroso peixe de metal suspenso sobre os pares que dançavam (Há quanto tempo não vou eu ali?) o psiquiatra tornou a visualizar o apartamento deserto, o espelho do quarto de banho e a garrafa da cozinha ao lado do púcaro de metal, únicas bóias de salvação no desolado silêncio da casa. Cá fora, à entrada do edifício, as folhas secas dos eucaliptos restolhavam constantemente sopradas pelo vento alto, no rumor de dentaduras postiças que se entrechocam. Os automóveis dos inquilinos, quase todos luxuosos e grandes, encostavam os narizes à parede à maneira de crianças amuadas. Na sua caixa do correio, tirando um ou outro prospecto esquecido e a folha de propaganda semanal do CDS que se apressava a introduzir, sem a ler, no cacifo da senhoria, declarando enfaticamente, a César o que é de César, nunca havia nenhuma carta para ele: sentia-se como o coronel de García Márquez, habitado pela solidão sem remédio e pelos cogumelos fosforescentes das tripas, aguardando notícias que não chegavam, que não chegariam jamais, e apodrecendo lentamente nessa espera inútil alimentada de um vago milho de promessas. De modo que quando o semáforo passou a verde numa súbita mudança de humor, voltou à direita e dirigiu-se para o Casino.

No topo de uma espécie de Parque Eduardo VII em ponto pequeno bordado de palmeiras hemofílicas cujos ramos rangiam protestos de gavetas perras, de hotéis de Visconti habitados por personagens de Hitchcock e de guardadores de automóveis manetas, de olhos de fome escondidos nas palas dos bonés como pássaros ávidos presos na rede franzida das sobrancelhas, o edifício do Casino assemelhava-se a um grande transatlântico feio adornado entre vivendas e árvores, batido pelas ondas de música do Wonder-Bar, pelos gritos de gaivotas roucas dos croupiers e pelo enorme silêncio da noite marítima em torno de que subia um odor denso de água de colónia e de mênstruo de caniche. Os comboios partindo para Lisboa da estação do Tamariz levavam consigo, nos bancos vazios, os versos desse Dylan Thomas de que tanto gostavas

In the final direction of the elementary town
I advance for as long as forever is.

E o médico imaginou-se a cabecear numa carruagem deserta, duplicado do outro lado do vidro através de casas, fragmentos de muralha e luzes de navios, ao ritmo das palavras do poeta que a mulher costumava transportar consigo para a cama e com quem mantinha um diálogo silencioso e perfeito que o excluía:

> for the lovers
> Who pay no praise or wages
> Nor heed my craft or art.

Dylan Thomas foi o tipo de quem tive até hoje mais ciúmes, pensou o psiquiatra abandonando o automóvel à sombra protectora de um autocarro de turistas, cujo condutor explicava a um chofer de táxi maravilhado os méritos íntimos das francesas de uma certa idade, capazes de tornarem o coito leve e de fácil digestão como um suflé de espargos. Odiei desesperadamente Dylan Thomas e os poemas tumultuosamente convincentes com que esse gordo bêbado ruivo viajava contigo a países interiores a que eu não possuía acesso, vizinhos dos sonhos de que me chegavam esbatidos ecos através das palavras soltas que mastigavas num êxtase de sereia naufragada. Odiei Dylan Thomas sem que o soubesses sequer, disse o médico caminhando sobre a relva húmida da noite na direcção do convés do Casino e dos seus tripulantes mascarados de grooms majestosos trocando cinzeiros em gestos lentos de vestais, odiei esse rival defunto vindo do nevoeiro das ilhas do norte com um sorriso de corsário pensativo nas bochechas inocentes, esse sacana galês que rebentava os grossos diques da linguagem com ventosas frases cheias de sinos e de crinas, esse amante de espuma, esse fantasma de sardas, esse homem que morava numa garrafa de uísque como os barcos dos coleccionadores, ardendo na sua chama de álcool com dolorosa graça de fénix refractária. Caitlin, disse o psiquiatra trocando com o porteiro cabalísticos sorrisos vagos de Chirico, Caitlin de Nova Iorque te chamo under the milk wood neste novembro de 1953 em que morri, com uma ilha a desvanecer-se na paisagem da cabeça cercada pela raiva voraz dos albatrozes, Caitlin um dia destes desço ao Tamariz e tomo um comboio eléctrico para o país de Gales onde me esperas diante de um chá tão triste como a cor dos teus olhos, sentada na sala em que nada mudou, com um espesso fumo de pub a separar-te, sólido, da pressa dos meus beijos. Caitlin este mugido aflito de farol é o meu berro de boi saudoso que te procura, este apito modulado de locomotiva o canto de amor que sou capaz, este barulho de tripas um comovido sobressalto de ternura, estes passos na escada o meu coração ao teu encontro: vamos voltar ao princípio, passar a vida a limpo, recomeçar, jogar crapaud ao serão, beber licor de ginja, deixar o caixote do lixo lá fora, num estrépito de palhaço pobre, entre o espanto dos vizinhos e dos gatos, abrir uma lata de caviar e comer lentamente os grãozinhos de chumbo até que, tornados cartuchos de caçadores furtivos, disparemos um para o outro no fogo-de-artifício de uma explosão final, e será um pouco essa, Caitlin, a nossa maneira de partirmos.

No átrio do Casino uma excursão de inglesas desembarcadas de um autocarro tão sumptuoso como a sala de estar de Clark Gable, de vidros substituídos por quadros de Van Eyck, borbulhava pelas bocas pálidas exclamações de entusiasmo comedido. Um coronel colonial a estalar de black-velvets no smoking branco repartia os bigodes grisalhos por duas indianas de sari, enigmáticas como rainhas de paus, que deslizavam chão fora como se ocultassem rodas de borracha na complicação das saias. Suecos transparentes de olheiras de insónia devido a longos dias de seis meses amparavam-se a mexicanos cor de azeitonas de Elvas, que John Wayne matava filme após filme num júbilo de insecticida eficaz. Condessas polacas decrépitas inclinavam-se umas para as outras como pontos de interrogação desmoronados: o rouge flutuava-lhes em torno das rugas sem aderir à pele, pólen que atraía insectos senegaleses de grandes órbitas globulosas, em cujos dedos cintilavam dezenas de anéis papais. De quando em quando, as coxas calçadas de meias pretas do ballet francês, ou as mandíbulas desmesuradamente abertas do engolidor de espadas tibetano, escapavam-se por um intervalo das cortinas do restaurante à laia de jactos de vapor por frestas de panela. Uma fadista embrulhada no xaile ausentava-se numa meditação trágica de Fedra, segurando a mãos ambas um copo de gin ritual. Cavalheiros obesos, de colete desabotoado, ou abandonavam o urinol com ar aliviado de regresso de confessionário, ou ressonavam ao acaso dos sofás. Atrás do guarda-vento das máquinas tilintavam centenas de mealheiros vorazes, bolsando o excesso dos estômagos em babetes cromados. Estar aqui, pensou o médico ultrapassando uma cadeira de rodas com um senhor sem pernas dentro, é como acordar de repente a meio da noite com a impressão de a cama ter mudado de posição no escuro e de nos acharmos num país diferente, longe das nossas águas territoriais familiares, sob esta luz branca vertical de ringue de boxe que actua como um revelador mostrando-nos demasiadas rugas nos espelhos, acordar de repente a meio da noite e mergulhar num pesadelo derisório povoado de uma multidão inquieta que busca na agitação sem razão a sua razão de se agitar: como eu, acrescentou o psiquiatra, ao mesmo tempo a fugir e à procura em sucessivos círculos sem finalidade e sem fim, cão sem cabeça mas com duas caudas que se perseguem e se repelem, gemendo tristemente latidos melancólicos de solitário. Substituíra a minha existência estrita pelas pobres girândolas ocas de um escriturário delirante rodopiando alegrias fictícias de cartolina; transformara a vida num cenário de plástico, imitação esquemática de uma realidade por demais complexa e exigente para a minha reduzida panóplia de sentimentos disponíveis. E assim, insignificante pierrot de um carnaval frustrado, me consumia rapidamente numa labaredazinha portátil de angústia.

O médico trocou duas notas de conto de réis em fichas de quinhentos escudos e instalou-se na sua banca francesa favorita, quase vazia de parceiros por estar a dar jogo irregular. Sentia nas costas o frenesim das mesas de roleta, cuja morosidade o impacientava, com os croupiers contando intermináveis pilhas de fichas e um cortiço de apostadores à volta, inclinados para o pano verde num apetite de louva-a-deus. O psiquiatra reparou especialmente numa inglesa muito alta e muito magra, com um vestido de alças dependurado do cabide das clavículas, reluzente ainda de cremes para o sol, as mãos esqueléticas a escorrerem fichas que colocava sobre os ombros dos outros em gestos angulosos de grua. O croupier anunciou Pequeno, o pagador recolheu as fichas perdentes e dobrou as ganhantes: o médico viu que a mulher sentada à sua esquerda anotara três pequenos seguidos depois de dois grandes, de modo que empurrou quinhentos para a zona do Grande e ficou à espera. Primeiro apalpar, disse-se ele, conforme a técnica da minha mãe na praça: ao menos que o tanto tê-la visto regatear fruta de alguma coisa me sirva. E sorriu de imaginar o que a mãe, criatura prudente e comedida, julgaria se o topasse ali arriscando quantias que ela considerava exorbitantes, deitando-se tarde para chegar ainda mais tarde ao hospital no dia seguinte, a descer velozmente o plano inclinado de uma ruína segura: histórias trágicas de fortunas evaporadas no Casino corriam tetricamente nos serões da família, narradas em tom cavo pelos aedos da tribo. A tia Mané, octogenária histórica cujo sorriso abria um ziguezagueante caminho através de pinturas e de cremes ressequidos, sumira as pratas da casa ao bacará e utilizava uma cautela de penhor em lugar de bilhete de identidade.

– Pequeno, disse o croupier pousando o copo dos dados e embrenhando-se de imediato em conversa sussurrada com o fiscal, de cabeças docemente inclinadas como apóstolos da última Ceia: Jesus e S. João partilhando as delícias do Espírito Santo. O pagador retirou a ficha do médico numa manobra destra de língua de camaleão caçando uma mosca imprevidente. A mulher anotou, consienciosa, o Pequeno, era gorda e loira, já gasta, e usava um casaco de peles sintético nos ombros moles: o perfil dela assemelhava-se ao de Lavoisier no retrato oval do livro de Física do 4.º ano do liceu, e jogava duzentos e cinquenta escudos de cada vez na determinação raivosa de quem perde obstinadamente. Do lado oposto da mesa uma velha coçada atirava vinte escudos teimosos para os ases na esperança de um milagre. Dois sujeitos com ar de mestres-de-obras prósperos hesitavam de fósforo nos dentes: a pastilha elástica dos naturais de Tomar, pensou o psiquiatra apostando de novo no Grande, chocos com tinta, Mercedes Diesel amarelo torrado e Vila Mélita na fachada da casa. A mulher do leopardo de plástico absteve-se. Saiu um 12, um 13, um 14, um 12, um 18: os mestres-de-obras colocaram cinco mil escudos cada no Pequeno. Um rapaz ruivo surgiu da nuca do médico e lançou quinhentos no Grande: já me fodi, pensou o psiquiatra sem razão aparente a não ser um aperto avisador no esófago. Estendeu o braço para o seu dinheiro e ia pescá-lo quando o croupier levantou o queixo e disse Pequeno com uma indiferença cruel. Croupiers e analistas puta que vos pariu.

– Digo-te adeus e como um adolescente tropeço de ternura por ti, murmurou o médico para a ficha que o pagador lhe levava, arrumando-a junto às que amontoava à sua frente, se esta gaita continua assim de aqui a nada estou a tirar as peúgas para as botar nos ases, ganhar uma camisa fórmula um e suicidar-me engolindo uma dose excessiva de rodelas de cem paus. A mulher gorda aconchegou-se na cadeira e a coxa dela tocou a do médico, que a seguiu no palpite do Grande por gratidão: sentia-se menos só desde que uma prega de carne alheia lhe comprimia o joelho. Os empreiteiros mudaram para o Pequeno, o rapaz ruivo, despeitado, afastou-se, a resmungar: havia sempre um ruivo nas turmas do Camões, recordou o psiquiatra, um ruivo, um bucha e um de óculos nas filas da frente; o bucha era o pior na ginástica, o de óculos o melhor em geografia e o ruivo a vítima favorita dos professores para se vingarem das partidas anónimas: mijadelas no cesto dos papéis, latidos a meio da leitura dos Lusíadas, palavrões a giz no quadro preto; no termo do segundo período, os pais, também ruivos, mudavam-nos para colégios particulares se calhar reservados a ruivos onde se emprestavam fotografias pornográficas em completa liberdade, negros atléticos sodomizando cadelas, padres de batina a masturbarem-se no confessionário, homossexuais sem arestas entregues a orgias desfocadas. A mulher gorda sorriu-lhe: faltava-lhe um incisivo em cima e possuía as gengivas pálidas de Vasco da Gama ao quadragésimo dia de avitaminose.

– Grande, proclamou o croupier que se ria respeitosamente de uma piada qualquer do fiscal.

É curioso como as graças dos superiores têm sempre humor, verificou o médico repetindo a frase surpreendida de um irmão seu a quem a bajulice espantava como um fenómeno incompreensível: o pagador debruçou-se para o croupier que lhe repetia a anedota do chefe, o qual aprovava gravemente com um sorriso solene, ajeitando o ângulo dos colarinhos:

– É ou não é, Meireles?

O Meireles, que trocava fichas a um corcunda, ergueu as sobrancelhas sem levantar os olhos do trabalho, na careta entendida com que as tias do psiquiatra respondiam, durante a contagem das malhas do tricot, às perguntas dos sobrinhos. Será que cresci, que cheguei realmente a crescer, interrogou-se o psiquiatra correspondendo com o joelho à pressão de anca da mulher do leopardo de plástico, a avaliá-lo de viés com lenta pálpebra sabida, cresci de facto ou permaneci um puto assustado de cócoras na sala entre gigantescas pessoas crescidas que me acusam, fitando-me em silêncio numa hostilidade horrível, ou tossindo de leve, a coberto de dois dedos, a sua desaprovação resignada? Dêem-me tempo, pediu ele a essa roda de ídolos da Ilha de Páscoa que o perseguia de um amor ferozmente desiludido, dêem-me tempo e serei exactamente o que vocês desejam como vocês desejam, sério, composto, consequente, adulto, prestável, simpático, empalhado, miudamente ambicioso, sinistramente alegre, tenebrosamente desingénuo e definitivamente morto, dêem-me tempo, give me time

Only give me time
time to recall them
before I shall speak out.
Give me time
time.
When I was a boy
I kept a book
to which from time
to time,

I added pressed flowers
until, after a time,
I had a good collection.
But the sea which no one tends
is also a garden
when the sun strikes it
and the waves
are awakened.
I have seen it
and so have you
when it puts all flowers
to shame.

Tempo, repetiu o médico, necessito imperiosamente de tempo para me vestir de coragem, colar todos os meus ontens no álbum de retratos (Who'd think to find you in a photograph, perfectly quiet in the arrested chaff), ordenar as feições do meu rosto, verificar ao espelho a posição do nariz, e seguir para o dia que começa com a sólida determinação de um vencedor. Tempo para te esperar à saída do ministério, subir contigo as escadas, meter a chave à porta e cambulhar abraçado a ti, sem acender a luz, para a cama vagamente aclarada pelos ponteiros fosforescentes do despertador eléctrico, atrapalhado pelo excesso de roupa e pelos soluços de ternura, reaprendendo o Braille da paixão. A mulher gorda pousou-lhe no braço as unhas compridíssimas vermelhas escuras: o punho dela, idêntico ao de um lagarto ressequido, ornava-se de uma pulseira símile-filigrana, com uma enorme medalha de Nossa Senhora de Fátima tilintando contra uma figa de marfim, e o psiquiatra sentiu-se prestes a ser devorado por um réptil terciário em cujas mandíbulas o sangue do baton revelava claramente monstruosas intenções assassinas. Os olhos do dinossauro fixavam-no na intensidade postiça do rímel, sob as sobrancelhas depiladas até à espessura de uma curva de tira-linhas, e o peito subia e descia numa cadência de guelra, conferindo aos seus múltiplos colares o balançar de rins dos botes ancorados. Os dedos treparam aracnideamente a manga do médico beliscando-lhe de leve o polegar, enquanto a coxa absorvia completamente a sua e um salto aguçado lhe premia o pé, a arrancar-lhe o calcanhar numa carícia malévola. O corcunda, instalado à esquerda, chupava ruidosamente pastilhas para a garganta disseminando no ar um aroma de inalações de asmáticos: se eu fechasse com força as pálpebras por um segundo poderia supor-me sem esforço no quarto de Marcel Proust, escondido atrás da pilha de cadernos manuscritos da Recherche du Temps Perdu: c'est trop bête, assim costumava ele definir o que escrevia, je peux pas continuer, c'est trop bête. Querido tio Proust: o papel de parede, a lareira, a cama de ferro, a tua difícil e corajosa morte: mas achava-me na realidade instalado a uma mesa de jogo do Casino, e a solidão roía-me por dentro como um ácido doloroso: a ideia da casa vazia apavorava-me, a solução de tornar a dormir na varanda fazia-me gemer de antecipados lumbagos. De alma em pânico enxotei a derradeira ficha para o Grande: se ganhar vou direito ao Monte, enfio-me nos lençóis e masturbo-me a pensar em ti até o sono vir (receita de sucesso relativo); se perder convido esta jibóia idosa para uma orgia modesta de acordo com o casaco de plástico dela e os meus jeans no fio, e à medida de um fim de mês penoso: ignorava sinceramente qual destas duas catástrofes escolher, dividido com horror idêntico entre o isolamento e o ofídio. Uma espanhola sumptuosa roçou por ele a nádega magnífica, almofada bordada para mais felizes cabeças: o período das vacas magras seria sem dúvida o seu destino perpétuo e acomodava-se conformadamente a ele numa resignação bovina: um banco de jardim algures esperava com paciência a sua velhice melancolicamente desocupada, e podia bem ser que às quartas-feiras o irmão mais novo lhe desse de jantar em sua casa, acompanhando a carne assada de conselhos e repreensões.

– A mãe sempre disse que nunca terias juízo.

E provavelmente não só nunca teria juízo como (mais grave ainda) não alcançaria a espécie de felicidade que a ausência desse esquisito atributo traz consigo, lastro sem o qual se voa aos agradáveis píncaros de uma loucura divertida, sem maçadas, sem preocupações, sem planos, ao sabor da adolescência assumida como estado de alma, como vocação ou como sina.

– A mãe sempre disse.

A mãe sempre disse tudo. E parecia-me que o fiscal adquiria pouco a pouco o jeito profético dela, as pálpebras magoadas, a testa enrugada, o cigarro aceso espiralando na ponta do braço elipses de desistência:

– O que é que se pode esperar deste rapaz?

Nada, afirmou em voz alta numa espécie de raiva que sobressaltou o marreco, no exacto instante em que o croupier pousava o copo, erguia o queixo, olhava em torno, apertava o laço do pescoço e informava

– Pequeno

ditando sem que o soubesse uma sentença definitiva.

– Você tem mesmo a certeza de que é médico?, perguntou-lhe o ofídio olhando-lhe com desconfiança os jeans rapados, a camisola gasta, a desordem descuidada dos cabelos. Estavam ambos no pequeno automóvel do psiquiatra (Não sei se caibo nesta coisa), junto ao impressionante autocarro de turistas que recebia de volta a sua carga de americanas velhas em vestidos de noite, de óculos suspensos do pescoço por fios de prata como as chuchas dos bebés, acompanhadas de sujeitos rubicundos parecidos com o Hemingway dos retratos finais.

– Eu não costumo desconfiar das pessoas mas nunca se sabe, acrescentou ela examinando policialmente a cédula profissional que o outro lhe estendia, e já vou tendo a minha conta de barretes. Acredita-se acredita-se e vai na volta truca: passa para cá a carteira ó ai ó linda e fica-se na estrada a ver navios. Você desculpe, não é nada consigo, paga o justo pelo pecador como dizem os padres e nunca é demais acautelar. Tenho um primo por parte do meu pai enfermeiro em São José, no Serviço Um, o Carregosa, conhece? Baixo, forte, careca, um bocado gago, maluco pelo Atlético? Usa o emblema por cima da bata, jogou nos juniores, a mulher dele entrevou-se, só diz raisparta raisparta? O senhor perdoe as

minhas prudências mas o Mendes dizia-me sempre:
Dóri (chamo-me Dóri) põe-te a pau com os estranhos
que mais vale prevenir do que remediar, até ouvi essa
a uma senhora que tirou os peitos no instituto do cancro, apanhava malhas, agora apanha balões de soro, está
quase tão mal como o Mendes, coitado, que depois da
revolução teve de emigrar para o Brasil que remédio,
deixou-me uma carta querida a garantir que me manda-
va para ao pé dele, que nunca gostara de ninguém como me amava a mim, era só uma questão de meses até
arrumar a vida dele e pronto, mulatas nem vê-las que
cheiram mal. Mais mês menos mês tomo o boingue para
o Rio de Janeiro, ele é doutor de finanças e económicas
não vai secar sem sacar emprego que nunca vi compe-
tência como o Mendes, trabalha que nem cão o desgra-
çado apesar de fraquinho dos pulmões e ao depois não
é só isso, é a delicadeza, os modos, a forma de tratar
uma mulher, adivinha o que a gente quer, nunca me bateu, quase todas as semanas eram flores, eram jóias,
eram jantares no Comodoro, eram cinemas. Eu dizia-
-lhe, é claro, ó filhinho não é necessário tanto luxo mas
o Mendes sabia que eu me pelava, não fazia caso, era
um santo de altar, estou a vê-lo com as patilhas muito
bem tratadas (dei-lhe uma filichaive no Natal), a camisa
rosa negra impecável, o verniz das unhas a brilhar.
   Pausa.
   – Porque é que você não põe uma gravata de seda
natural, um casaco piêdepule, fixador brilcrime na cabeça? Nunca vi um médico tão mal amanhado, tão à me-
cânico, os doutores devem de ter representação, não é,
quem é que se quer tratar com um psiquiatra pope es-
gadelhudo? Eu quando vou à caixa exijo respeito, serie-
dade, percebe-se logo pela cara das pessoas se são competentes ou não, não achas, os especialistas como deve
de ser usam colete, têm bêémedablius prateados, casas

com lustres, torneiras doiradas que são peixes a deitar água, entra-se lá nota-se o dinheiro que o quinane anda pela hora da morte, diga-me lá o que se faz hoje na vida sem dinheiro, eu sem dinheiro sinto-me a morrer, é a minha gasolina, topas, tirem-me a minha carteira de crocodilo e fico perdidinha da silva, estou habituada aos luxos que é que queres, talvez não acredites mas o meu pai era professor de veterinários em Lamego.

Tirou um Camel de contrabando de uma horrorosa bolsa de cartão imitação de jacaré, acendeu-o com um isqueiro de baquelite a fingir tartaruga. O psiquiatra reparou que os sapatos dela, de tacões inacreditavelmente altos, necessitavam de meias solas, e que grandes vincos sem graxa estriavam o cabedal no peito do pé: saldos da Praça do Chile, diagnosticou ele. As raízes das madeixas loiras nasciam grisalhas no local da risca, e o pó-de-arroz tentava sem sucesso mascarar as múltiplas rugas fundas ao redor dos olhos e ao longo das bochechas moles, pendentes do queixo em cortinas flácidas de carne. Devia trazer as fotografias dos netos (a Andreia Milena, o Paulo Alexandre, a Sónia Filipa) no porta-moedas.

– Para a semana que vem faço trinta e cinco anos, informou ela com descaro. Se prometeres pôr um smoquingue e levar-me a jantar a um restaurante decente o mais longe possível dos Caracóis da Esperança, convido-te: desde que o Mendes se foi embora tenho um vazio no coração.

E apalpando-me o ombro:

– Sou uma pessoa muito afectuosa, chiça, não sei viver sem amor. Tu não deves ganhar mal, hã, os médicos esfolam, se te arranjasses, te penteasses, comprasses um fatinho na Avenida de Roma talvez ficasses jeitoso embora isso para mim, o dinheiro, o aspecto, não tenha importância nenhuma, são os sentimentos que me interessam, a beleza da alma não é? Um homem que me trate bem, me leve a passear a Sintra aos domingos e chega para eu andar feliz como um canário. Sou muito alegre percebes?, muito sossegada, muito caseira. Eu cá meu filho pertenço ao género amor e uma cabana, o meu banho de espuma, a minha depilação das pernas, conta aberta na pastelaria, não exijo mais. Tens aí duzentos escudos que me emprestes para o táxi para Lisboa que comboios, comigo, santa paciência, tens duzentos escudos com certeza, deves ganhar bem, és um cavalheiro, não aguento caramelos que não sejam cavalheiros, olha que gandulos sempre com a caralhada na boca puta que os pariu. Desculpa falar-te assim mas é que eu sou franca, não sou gaga, sei o que digo, a bem tudo a mal nada e ao depois simpatizo contigo, posso dar-te muitos gozos se gostares de mim, me compreenderes, me pagares a renda da casa, eu quero é dedicar--me, ter alguém que me leve ao cinema e ao café, me pague a renda da casa, me trate como deve de ser, goste do meu basset, me aceite. Por acaso podíamos ser felizes os dois, tu e eu, não achas, quando é que deslizas os duzentos bagos? Tens medo que isto seja conversa da fiada? Ó filho eu paixões é a primeira vista, não há nada a fazer, caíste-me no goto, deixa cá pôr os óculos para te observar melhor, te amar ainda mais.

Tirou primeiro um estojo, voltou a empurrá-lo para o fundo da carteira (Poça estes são os de longe) e extraiu de uma confusão de lenços de papel, de bilhetes de eléctrico e de documentos amarrotados, um par de lentes grossas como um caleidoscópio atrás das quais as pupilas desapareceram, dissolvidas na espessura do vidro: o psiquiatra sentiu-se examinado por um microscópio de má qualidade.

— Ai filho mas tu és novíssimo, exclamaram as dioptrias espantadas, tens para aí a minha idade, trinta e três, trinta e quatro o máximo, não? Apostava duzentas e cinquenta de percebes que tens trinta e quatro, eu nisto de anos nunca me engano, se fosse assim com o totobola já tinha aberto uma butique no Areeiro há mais de um colhão de séculos, o Mendes jurou-me pelos ossos do irmão que está debaixo da terra que me punha uma na Penha de França e logo haviam de vir os comunistas a roubar a gente, a enrabar isto tudo, foi-se o projecto por água abaixo mas se pensas que desisti estás mais enganado que um marido, aqui a Dóri é teimosa dos cascos, no amor e nos negócios sou um cão de fila, não largo, tenho a dentuça afiada. Olha lá a propósito quanto é que tens no banco, para cima de cem contos não, confessa-te aqui à Dóri, se quisesses abríamos um cabeleireiro de sociedade, Salão Dóri ficava giro não achas, letras luminosas cá fora, decência, clientela rica, empregadas escolhidas a dedo, música de fundo, cadeiras de veludo, uma coisa como no cinema, eu ficava à caixa que o meu forte é o comércio, estive dez anos na capelista do Mendes e nunca dei prejuízo à Havaneza de Arroios, fechou porque tinha de fechar, os negócios gastam-se, topas, é como a pila dos homens, a tua deve estar toda gastinha meu marau mas a Dóri compõe, é preciso é a gente saber tocar guitarra de uma corda só, e ao depois os fornecedores da Havaneza metiam a unha como o caneco e aconteceu-me encontrar o Leal, um que cantava na rádio conheces com certeza, esteve vai não vai para ir à televisão, dedicou-me músicas lindas, género romântico, até chorei já vês, uma estampa de moço apessoado não desfazendo, chegaram a convidá-lo para uma fotonovela da Crónica, a história de um engenheiro filho de uma condessa que gosta da criada da mãe que afinal é neta de um marquês e não sabia, o marquês morava em Campo de Ourique numa cadeira de rodas, eu bem que insisti com ele Ó Leal tu aceita-me, tu aceita-me o furo que andas aos caídos e tens cara de engenheiro mas o rapaz tinha orgulho e fodeu-se por isso, ainda se fosse um filme respondia- -me ele, ainda se fosse um filme ia pensar desde que me deixassem dormir a sesta, um filme indiano, tinha aque- la mania dos filmes indianos, quem o quisesse encontrar que o procurasse à saída do Aviz, parecia-se com o Ar- turo de Cordoba e com o Tony de Matos, a mesma voz, os mesmos caracóis bem penteados, a cintura assim fini- nha, fazia pesos e halteres às terças e quintas no Ateneu, em Caxias e na praia era uma razia nas pequenas, o Mendes aceitou a coisa, perdoou-me, ele sabia do meu temperamento e perdoava, o Leal casou-se com a dona de uma ourivesaria da Amadora, uma cabra safa- da que nem mamas tinha viúva de um embarcadiço que chupou umas lecas da merda no contrabando dos rá- dios, se calhar dava a cona da mulher no porta a porta, eu andei a pastilhas para dormir um mês, só suspirava, até o gosto pelo folhetim perdi, o Mendes fazia-me chá de tília, pobrezinho, aconselhava-me com bons modos, ó Dóri se o médico do coração deixar vou para a ginás- tica do Ateneu, sofria de angina do peito, coitado, para subir as escadas era uma desgraça, desatava logo a arfar, sei lá mais de quantas vezes se me ia ficando em cima, ó Dóri deixa lá que tens aqui o teu Riquinho, o Mendes chamava-se Reinaldo, Reinaldo da Conceição Mendes mas eu tratava-o por Riquinho porque ele gostava, ema- greci cinco quilos com a infelicidade, ah conho que se pilhasse a ramelosa partia-lhe um chifre com os dentes, fressureira de um corno, puta esquentada, estoirou este outubro de um aneurisma abençoado, paguei uma mis- sa de acção de graças no Beato, fiquei com a rata aos saltos para o resto da vida, o padre a latinar no altar e eu a dizer de joelhos Mal tu sabes pelo que é que re- zas meu magano, viva o Benfica que já cá não está quem me enrabou.

O médico alcançou a marginal e voltou para o Monte Estoril: havia uma boîte no sopé da colina onde não corria grandes riscos de tropeçar em pessoas que o conhecessem: envergonhava-o ser visto na companhia daquela mulher demasiado ruidosa, com pelo menos o dobro da sua idade, lutando contra a decrepitude e a miséria através de uma encenação absurda ao mesmo tempo ridícula e tocante, que o fez ter vergonha da sua vergonha: no fundo não eram diversos um do outro, e em certo sentido os seus frenéticos combates aparentavam-se: fugiam ambos à mesma solidão impossível de aguentar, e ambos, por falta de meios e de coragem, se abandonavam sem um gesto de luta à angústia da aurora como mochos aterrados. O médico lembrou-se de uma frase de Scott Fitzgerald, tripulante aflito do barco em que seguiam, deixado em terra numa viagem anterior, de coração exausto alimentado pelo oxigénio amargo do álcool: na noite mais escura da alma são sempre três horas da manhã. Estendeu a mão e afagou a nuca do dinossauro numa ternura sincera: salve, minha velha, atravessemos juntos estas trevas, declarava o seu polegar subindo e descendo ao longo do pescoço dela, atravessemos juntos estas trevas que só há saída pelo fundo consoante nos informou o Pavia antes de abraçar o seu comboio, só há saída pelo fundo e talvez que amparando-nos mutuamente lá cheguemos, cegos de Brueghel a tactear, tu e eu, por este corredor cheio dos medos da infância e dos lobos que povoam a insónia de ameaças.

– Ah ah, exclamou a Dóri com um sorriso de triunfo, atrevidote, hã?

E apertou-me os testículos com as falanges em quebra-nozes até me fazer gritar de dor.

A boîte devia estar no termo da sua viagem dessa noite: os únicos habitantes para além do empregado zarolho que nos serviu um gin e um prato de plástico de pipocas com maus modos evidentes, e da menina dos discos que lia o Tio Patinhas na sua gaiola sonora, figura de caixa de música curvada sobre si própria como um feto, eram dois homens sonolentos apoiados ao balcão, de narizes equinos mergulhados em alcofas de bagaço, e que miraram a mulher terciária, que rebolava à minha frente as ancas gigantescas, com a atenção distraída que se confere a uma ruína sem interesse. As luzes do tecto, pulsando molemente ao compasso de um tango, aclaravam o palco pindérico da minha execução: cadeiras de ferro de esplanada de café, um televisor apagado numa prateleira alta, cascas e pegadas circulares de copos no tampo das mesas: morreu na miséria, explicavam os livros de leitura acerca dos poetas defuntos, barbudos esqueléticos suspensos em atitudes pensativas, meditando provavelmente no que empenhar a seguir, ou fabricando na cabeça alexandrinos preciosos. A Dóri que regressava com a aproximação da madrugada a uma juventude de criada de servir doirada pelas sólidas promessas matrimoniais de um primo soldado, pediu uma sandes de paio com unto, de que ofereceu ao médico, numa guinada de súbita delicadeza, a trincadela inaugural: mastigava de boca aberta como as camionetas de cimento, e dançaram trocando meigamente pedaços de côdea (Papa quido que tás maguinho), à laia de náufragos repartindo, fraternais, a ração da jangada. O zarolho acotovelou os equinos do bagaço e ficaram-se os três a observá-los numa estupefacção imóvel, siderados pelo abracadabrante quadro de um adolescente envelhecido ao colo de uma baleia paleolítica de grande juba frisada. Foda-se, pensou o médico aterrado, inalando o perfume semelhante a gás de guerra de 14 que se soltava em rolos letais da nuca da mulher, o que faria eu se estivesse no meu lugar?

São cinco horas da manhã e juro que não sinto a tua falta. A Dóri está lá dentro a dormir de barriga para cima, de braços abertos crucificados no lençol, e a dentadura postiça, descolada do céu da boca, avança e recua ao ritmo da respiração num ruído húmido de ventosa. Bebemos ambos a aguardente da cozinha pelo púcaro de folha, sentados nus na cama que o gás de guerra tornou inabitável carbonizando até as folhas estampadas das fronhas, escutei-lhe as confidências prolixas, enxuguei-lhe o choro confuso que me tatuou o cotovelo de um arbusto de rímel, puxei-lhe o cobertor até ao pescoço à laia de um sudário piedoso sobre um corpo desfeito, e vim para a varanda arrancar os dejectos endurecidos dos pássaros. Está frio, as casas e as árvores nascem lentamente do escuro, o mar é uma toalha cada vez mais clara e perceptível, mas não penso em ti. Palavra de honra que não penso em ti. Sinto-me bem, alegre, livre, contente, oiço o último comboio lá em baixo, adivinho as gaivotas que acordam, respiro a paz da cidade ao longe, desdobro-me num sorriso feliz e apetece-me cantar. Se eu tivesse telefone e me telefonasses agora deverias encostar cuidadosamente o auscultador à orelha numa expectativa de búzio: através das espiras de baquelite, vindo de quilómetros de distância, desta varanda de betão suspensa sobre o fim da noite, terias, juntamente com o eco do meu silêncio, o vitorioso eco do meu silêncio, o piano amortecido das ondas. Amanhã recomeçarei a vida pelo princípio, serei o adulto sério e responsável que a minha mãe deseja e a minha família aguarda, chegarei a tempo à enfermaria, pontual e grave, pentearei o cabelo para tranquilizar os pacientes, mondarei o meu vocabulário de obscenidades pontiagudas. Talvez mesmo, meu amor, que compre uma tapeçaria de tigres como a do Senhor Ferreira: podes achar idiota mas preciso de qualquer coisa que me ajude a existir.

Obras de António Lobo Antunes

AS	À SOCAPA	DI NASCOSTO
P=	PERU	TACCHINO
A-	ARAME FARPADO	FILO SPINATO
C-	COXOS	ZOPPI
M	MALUCO	CRAZY
C-	CEAR	CENARE
R-	RÉGUA	RIGHELLO
J-	JANGADA	ZATTERA
C-	CHATICE	NUISANCE
C-	CASPA	FORFORA
C-	CARANGUEJO	GRANCHIO
-	A CATA DE	IN SEARCH OF
M-	MARFIM	AVORIO
A-	ALFAIATES	SARTI
M-	MACHADA SECCATURA	
DS	DE SLOSLAIO	DI SBIECO
G-	GRUTA	GROTTA
G-	GAIOLA	CAGE
M-	MANCHA	MACCHIA
A-	ANDORINHA	PASSERO
C-	CUECAS	MUTANDE
P-	PARDAL	PASSERO
C-	COLCHA	BEDSPREAD
V-	VESCO LOSCO	GUERCIO
F-	FERRUGEM	RUGGINE
P-	POCO	POZZO
P-	PEÚGAS	SOCKS
T-	TERNURA	TENEREZZA
S-	SEREIA	SIRENA
R-	ROTINA	ROUTINE
P-	PINTO	PULCINO
T-	TRÔPEGO	BARCOLLANTE
H-	HOLOFOTE	PROIETTORE
S-	SOTAQUE	ACCENTO
C-	CARRASCO	CARNEFICE
C-	TORNOZELOS	CAVIGLIE
S-	SOTÃO	SOFFITTA
I-	IDOSO	ANZIANO
C-	CIUMES	GELOSIA

Tacere può significare un indugio dell'anima,
un ritardo del cuore o il pudore del
sentimento protetto
nel suo caso si trattava di
rassegnazione serbarne
fosse ovvero si trattasse
di ostinazione come preferire vederle
o forse di